Crônicas da Evolução Cósmica
O Despertar da Consciência

Crônicas da Evolução Cósmica: O Despertar da Consciência

Uma Odisseia Cósmica: Aventuras Épicas Entre. Estrelas e Mistérios do Universo

Submerja em uma jornada avassaladora, onde cada capítulo é um portal para descobertas estelares e revelações cósmicas. Cuidadosamente orquestrada pelo renomado autor, esta obra não é apenas um livro de ciência e filosofia, mas um guia para a alma, conduzindo você a um universo onde o conhecimento não tem limites.

Dos enigmas de civilizações avançadas às complexidades das relações intergalácticas, cada narrativa revela um pedaço do vasto cosmos. Seja você um entusiasta da ciência, um pensador profundo ou simplesmente alguém em busca de aventura e sabedoria, este livro promete um refúgio do cotidiano, transportando-o em uma viagem de conhecimento e inspiração.

Edição: 2ª
Data de Publicação: Out 2023
Idioma: Português

Deixe-se levar pela magia, alivie suas preocupações e embarque em uma odisséia que é tão infinita quanto o próprio universo. Permita que cada revelação amplie sua perspectiva e que cada página lida ilumine sua consciência.

Todos os direitos reservados. Nenhuma parte desta publicação pode ser reproduzida, distribuída ou transmitida de qualquer forma ou por qualquer meio, sem a prévia autorização escrita do autor.

© 2023 M.P.S. Casaca. Published by M.P.S. Casaca

Perfil do Autor

M.P.S Casaca, nome artístico do autor por trás da obra "Crônicas da Evolução Cósmica: O Despertar da Consciência", é um líder e gestor dinâmico, com paixão pela inovação e solução de problemas. Fascinado desde os 12 anos por eletrônica, ciência e tecnologia, sua jornada profissional passa pela criação de software educacional até a oferta de soluções inovadoras em sistemas de gestão de capital humano por mais de 22 anos.

Casaca é conhecido por encontrar soluções sistêmicas para grandes problemas, como evidenciado pela criação da plataforma de inclusão digital TALENTOSO, voltada ao despertar dos talentos das pessoas. Sua paixão pela sustentabilidade e agricultura orgânica levou-o a desenvolver um Jardim Vertical IoT, premiado com o Selo Ambiental Brasileiro em 2018.

Com vasta experiência em liderança, inovação e desenvolvimento de talentos, Casaca se aventura no mundo da fantasia com sua obra "Crônicas da Evolução Cósmica: O Despertar da Consciência", um romance que desafia as noções preconcebidas sobre o mundo e convida os leitores a repensar seus próprios paradigmas em busca de cooperação e harmonia entre todas as formas de vida.

Prefácio

A vastidão do universo sempre instigou a curiosidade e a imaginação da humanidade. Desde tempos imemoriais, olhamos para as estrelas e nos perguntamos sobre nosso lugar neste infinito cosmos. Enquanto buscamos compreender nossa posição no grande esquema das coisas, raramente paramos para considerar que talvez a chave para desvendar os segredos do universo não esteja nas estrelas, mas dentro de nós mesmos.

Em "Crônicas da Evolução Cósmica", somos convidados a embarcar em uma jornada épica de descoberta e transformação. No primeiro volume, "O Despertar da Consciência", exploramos a possibilidade de que a evolução e o progresso da humanidade estejam intrinsecamente ligados a seres microscópicos - civilizações avançadas na forma de bactérias e vírus que habitam nossos corpos. Estas civilizações, invisíveis a olho nu, têm moldado nosso destino desde o princípio dos tempos, e agora é a hora de desvendar seu papel na grande tapeçaria da existência.

Inspirado pela criatividade de J.K. Rowling, Douglas Adams e a habilidade de J.R.R. Tolkien e Orlando Paes Filho em construir mundos fantásticos e sistemas complexos, "O Despertar da Consciência" mergulha fundo nas relações entre humanos e essas civilizações microscópicas. A história se desenrola como uma tapeçaria intricada de aventuras emocionantes, intrigas políticas e reflexões filosóficas, oferecendo um vislumbre de um futuro onde a humanidade pode alcançar novos patamares de evolução e compreensão.

Neste livro, personagens memoráveis e cativantes navegam por um mundo onde a linha entre a realidade e a ficção se torna tênue. Através de suas experiências, somos levados a ponderar a natureza da existência, o poder do conhecimento e a importância da cooperação e do entendimento mútuo.

"O Despertar da Consciência" é o primeiro passo em uma jornada eletrizante pela evolução humana e cósmica. Convido você, caro leitor, a se unir a nós nesta empolgante aventura, explorando as profundezas do desconhecido e descobrindo os segredos ocultos do universo que residem dentro de cada um de nós.

Bem-vindo às "Crônicas da Evolução Cósmica" e boa leitura!

Nesta obra única e incrível, somos convidados a mergulhar em um universo repleto de seres e civilizações surpreendentes, expandindo nossa compreensão da realidade e explorando a complexidade das conexões que nos unem a todos.

Através de um enredo envolvente e uma prosa cuidadosamente construída, "Crônicas da Evolução Cósmica: O Despertar da Consciência" desafia nossas noções preconcebidas sobre o mundo que nos rodeia, convidando-nos a repensar nossos próprios paradigmas e a buscar um caminho de cooperação e harmonia entre todas as formas de vida.

Prepare-se para embarcar nesta jornada inesquecível, na qual a busca pela verdade e a sabedoria pode nos levar a lugares inimagináveis e nos transformar de maneiras inesperadas. Adentre o universo das "Crônicas da Evolução Cósmica" e permita-se ser transportado para além das fronteiras do conhecido, rumo a um futuro repleto de possibilidades e descobertas.

Boa leitura e boa viagem!

Capítulo 1:

O Encontro Inesperado

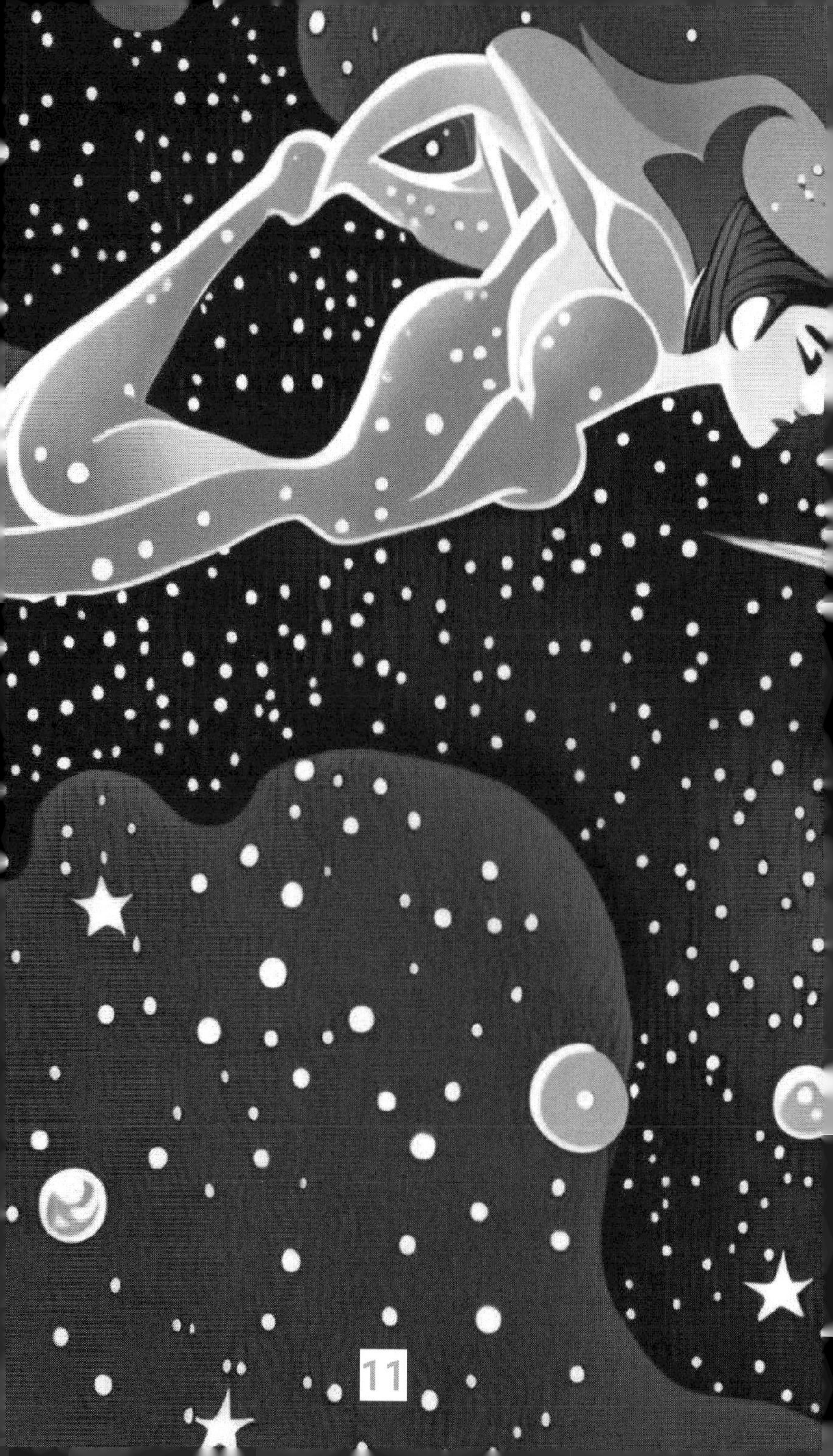

O céu noturno estava bordado com estrelas cintilantes que lançavam um véu luminoso sobre a paisagem em repouso. A cidade de Lúmen, conhecida por suas conquistas tecnológicas e científicas, jazia em paz sob a proteção das estrelas. No entanto, no coração do renomado Instituto Lúmen de Pesquisa, uma luz persistente brilhava, desafiando a noite. Era neste local que a Dra. Aurora Vesper, destacada cientista e pensadora, dedicava-se ininterruptamente a decifrar os enigmas cósmicos.

Naquela ocasião, Dra. Vesper estava imersa na análise de células humanas, buscando entender sua relevância na trajetória evolutiva. Com destreza, ela ajustava o microscópio, enquanto seus olhos aguçados tentavam identificar conexões nas amostras à sua frente.

Repentinamente, uma silhueta obscureceu sua bancada. Levantando o olhar, deparou-se com a figura inesperada do Dr. Orion Quasar, físico teórico e colaborador de longos anos, que ostentava um semblante intrigado e carregado de surpresa.

"Aurora, você tem que ver isso!" exclamou, apresentando um envelope amarrotado em sua mão vacilante.

Movida pela curiosidade, Dra. Vesper abriu o envelope e revelou uma série de fotografias de resolução não tão nítida. As imagens apresentavam padrões intrincados, parecendo códigos gravados no continuum espaço-temporal. Seu olhar cruzou com o de Dr. Quasar, buscando discernir a magnitude daquelas imagens.

"Orion, o que representam essas fotos?" indagou, tomada por uma crescente onda de fascínio e inquietação.

O Dr. Quasar inspirou profundamente e, com um olhar grave, respondeu: "Aurora, estes padrões foram detectados pelos nossos instrumentos mais sofisticados. Suspeito que estamos à beira de um achado que pode redefinir nossa compreensão sobre o cosmos e a origem da vida."

Ao examinar mais detidamente as imagens, a Dra. Vesper percebeu o peso do momento. "Devemos aprofundar nossa investigação sem demora", afirmou decidida. "Orion, vamos convocar a equipe e examinar estas fotos com todo o rigor que elas merecem. Estamos perante um marco histórico e não podemos hesitar."

Dr. Quasar concordou, e juntos encaminharam-se à sala de reuniões, cientes de que o que os aguardava tinha o potencial de elucidar enigmas nunca antes sondados. Aquela reunião inesperada sinalizaria o começo de uma saga de revelações que sacudiria o universo científico, lançando uma luz renovada sobre o entendimento da evolução cósmica.

"Estes são registros de flutuações quânticas que detectei no laboratório de física de partículas," esclareceu Dr. Quasar, seus olhos cintilando de entusiasmo. "Nunca presenciei algo assim. Parece existir uma ordem subjacente, como se estivéssemos perante um código cósmico ainda inexplorado."

A Dra. Vesper examinou as imagens com mais foco, um calafrio de expectativa a invadindo. Não conseguia evitar de pensar que esses padrões quânticos talvez tivessem ligação com as estruturas celulares que pesquisava.

"Orion, isto pode ser mais do que mera coincidência," ponderou ela. "Tais flutuações quânticas talvez estejam interligadas com nossas células e com a evolução da vida terrestre."

O Dr. Quasar arqueou as sobrancelhas, considerando a proposta de sua parceira. Juntos, optaram por aprofundar essa curiosa relação, uma parceria que seria o prelúdio de uma aventura excepcional ao desconhecido.

Nos dias que se seguiram, Aurora e Orion combinaram suas expertises, dedicando-se incansavelmente na busca por uma conexão entre os padrões quânticos e as células humanas. Avaliaram dados, conduziram experimentos, sentindo-se cada vez mais próximos de uma descoberta revolucionária.

Numa tarde pluviosa, ao ritmo das gotas que compunham uma sinfonia com os zumbidos dos equipamentos, Aurora teve um insight ao analisar uma amostra de tecido humano no microscópio, observando um padrão análogo às flutuações quânticas apontadas por Orion.

"Orion, você precisa ver isto!" - exclamou, a voz carregada de excitação.

Rapidamente, o físico dirigiu-se à bancada de Aurora e fixou os olhos na imagem sob o microscópio. O reconhecimento brilhou em seu olhar, e uma troca silenciosa de surpresa ocorreu entre eles.

"É impressionante, Aurora. Estes padrões são quase indistinguíveis dos que detectei nas flutuações quânticas," afirmou Orion, mente fervilhando diante do significado daquela descoberta. "Será que a vida terrestre é moldada por forças quânticas ainda desconhecidas por nós?"

Aurora ponderou a questão levantada por Orion, analisando as opções diante deles. Ela compreendia que essa descoberta tinha o potencial de transformar o entendimento da humanidade sobre sua própria trajetória e seu lugar no cosmos.

"Talvez essas energias quânticas representem a chave para desvendar a intricada natureza da vida e nossa ligação com o universo," disse ela, animada. "Devemos aprofundar nossos estudos e explorar mais intensamente essa conexão."

Com firmeza e uma missão em comum, Aurora e Orion iniciaram uma série de experimentos meticulosos, buscando entender a interação entre as variações quânticas e as células humanas. Mergulharam profundamente nos enigmas do mundo microscópico, cruzando as fronteiras da biologia, física e filosofia.

A cada progresso em suas investigações, a dupla tornava-se mais certa de que estavam na direção correta. As peças do mosaico cósmico começavam a se alinhar, revelando uma visão mais abrangente de como a vida terrestre poderia estar atrelada a uma teia de civilizações desenvolvidas, invisíveis ao olhar humano.

Em uma noite de tempestade, com relâmpagos rasgando o céu e trovões ensurdecedores, Aurora e Orion fizeram uma descoberta transformadora. Evidenciaram que células humanas poderiam ser afetadas e até direcionadas por entidades microscópicas: fascinantes civilizações que evoluíram ao longo de bilhões de anos, manifestando-se agora como bactérias e vírus.

A revelação dessa realidade escondida deixou ambos os cientistas maravilhados e atônitos. Reconheceram que a missão humana de erradicar a fome, cessar conflitos e descobrir energias renováveis, de algum modo, era orientada por essas civilizações superiores.

Equipados com tal conhecimento, Aurora e Orion compreenderam a necessidade de divulgar suas descobertas globalmente. Enfrentariam escepticismo e obstáculos, mas estavam unidos no propósito de desvendar os enigmas do universo e liberar o potencial humano. Assim, ambos deram início a um novo capítulo em sua jornada de descoberta, encarando o inexplorado com valentia e otimismo, pois entendiam que cada achado os aproximava do entendimento pleno sobre o propósito da existência humana.

Os cientistas deliberaram extensivamente acerca das intenções dessas avançadas civilizações.

Eles conjecturaram que a única forma de tais entidades expandirem-se por outras galáxias e dimensões poderia ser mediante a evolução dos seus hospedeiros: os humanos.

A incessante busca de Aurora e Orion por respostas os impulsionou a desvendar ainda mais profundamente os enigmas cósmicos. Procuraram compreender a proveniência dessas civilizações em miniatura, o papel decisivo que possuíam na evolução terrestre e como os humanos poderiam se desvencilhar de seu controle velado.

Nesse percurso, cruzaram com mentes igualmente luminosas, igualmente sedentas pela verdade que regia o universo. Unidos, consolidaram um coletivo de cientistas, filósofos e visionários, resolutos em elucidar a conexão entre a humanidade e as avançadas civilizações que habitavam seu âmago.

Esse seleto grupo de exploradores, em sua missão, laborou sem descanso, formulando teorias e experimentações que desbravavam os confins do saber humano. Logo, intuíram que o segredo para a emancipação humana e sua progressão para um estágio superior de sociedade poderia repousar na assimilação e reconhecimento dessas entidades minúsculas como componente vital de sua essência.

A cada revelação, Aurora, Orion e sua equipe avançavam na profunda compreensão das dinâmicas entre o homem e essas civilizações desenvolvidas. Concluíram que, em vez de resistir a essas forças enigmáticas, poderiam colaborar para aprimorar e evoluir conjuntamente.

Progressivamente, o grupo engendrou métodos e inovações tecnológicas que favoreciam uma sinergia mais pacífica entre os humanos e esses seres diminutos. Tais avanços pavimentaram um novo capítulo de entendimento mútuo e evolução coletiva, onde a humanidade vislumbrava alcançar graus superiores de sabedoria e avanço.

Aurora, Orion e seus pares divulgaram suas constatações ao mundo, inflamando uma vanguarda de cientistas e intelectuais a sondar os segredos cósmicos e a prospectar caminhos para a evolução humana em harmonia com as avançadas civilizações que conosco compartilhavam a existência.

Conforme a humanidade passou a reconhecer e acolher a existência destes seres diminutos, irrompeu na Terra uma era inédita de concórdia, entendimento e inovação tecnológica. O labor de Aurora, Orion e seus pares não apenas iluminou nossa compreensão sobre o cosmos, como também estabeleceu um alicerce para o desenvolvimento recíproco das civilizações universais.

À medida que as revelações de Aurora e Orion ganhavam proeminência, a humanidade começou a enxergar um horizonte auspicioso – um período onde a evolução humana e cósmica coexistiriam, alinhadas com as sociedades avançadas do domínio microscópico. Contudo, compreenderam que, para alcançar essa visão, seria crucial não somente desbravar os enigmas do universo, mas superar as barreiras internas de suas mentes e almas.

Ambos discerniram que seus achados tinham reverberações que ultrapassavam o âmbito científico, alcançando dimensões espirituais. Reconheceram que a humanidade estava à beira de uma elevação da consciência, uma revolução capaz de redirecionar a história.

Todavia, conforme suas descobertas recebiam mais atenção, crescia a resistência de entidades dominantes avessas à disseminação dessa realidade. Governos, conglomerados e personalidades de peso mobilizaram-se para desqualificar Aurora, Orion e seus aliados, receosos de que as informações sobre sociedades avançadas e a ascensão humana pudessem abalar sua hegemonia.

Em face desse cenário adverso, Aurora e Orion reconheceram que defendiam não só a veracidade científica, mas também a liberdade de pensamento. Estavam cientes de que, se fossem suprimidos, a humanidade continuaria sob o jugo de potências obscuras, fadada a replicar os equívocos ancestrais.

Resolutos em compartilhar sua verdade, Aurora, Orion e seus aliados optaram por um gesto audaz para desnudar a realidade das civilizações avançadas e seu papel na trajetória humana. Contando com o respaldo de colaboradores inesperados, arquitetaram um evento de magnitude global, destinado a um público de bilhões.

No aguardado dia, a atmosfera estava carregada e os desafios, amplificados. Ambos tinham consciência de que, em caso de fracasso, suas reputações estariam comprometidas e o sonho de um porvir luminoso para a humanidade, eclipsado. Ainda assim, optaram por encarar o desafio, convictos da essência vital de sua empreitada.

Enquanto se preparavam para divulgar suas descobertas ao mundo, um evento surpreendente surgiu. Uma manifestação natural jamais vista iluminou o planeta inteiro. O céu resplandeceu com uma aurora de cores vivas e pulsantes, como se o universo festejasse o despertar da consciência humana.

Este fenômeno inédito foi visto como um indício de que Aurora, Orion e seus colegas estavam no rumo certo. Os acontecimentos subsequentes representaram um ponto de inflexão na história humana. A revelação sobre civilizações avançadas e sua influência na evolução da humanidade proporcionou uma nova perspectiva sobre nossa posição no cosmos e nosso potencial enquanto espécie.

Porém, com essa verdade à luz, surgiram novas questões. A humanidade reconheceu sua ligação com tais civilizações, mas precisava entender como coexistir e progredir em sintonia com esses seres cósmicos.

No desfecho deste capítulo, um desdobramento impactante ocorre: Dr. Cassius Vega, integrante do time de cientistas, some sem deixar rastro, deixando apenas uma mensagem críptica que insinua um mistério ainda maior sobre a evolução humana e as civilizações avançadas.

Confrontados com o sumiço do Dr. Vega e sua mensagem enigmática, Aurora e Orion se encontram perante um novo desafio. Precisam decifrar o significado oculto na mensagem de seu colega e sondar mistérios ainda mais profundos do universo. Embarcando nesta fase de sua missão, ambos estão resolutos em decifrar não apenas os enigmas do cosmos, mas também em revelar o autêntico potencial humano, assegurando um futuro luminoso para as próximas gerações.

E assim conclui o primeiro capítulo de "Crônicas da Evolução Cósmica: O Despertar da Consciência". Nossos protagonistas encaram desafios e revelações extraordinárias, pavimentando um futuro de incontáveis possibilidades. O encontro fortuito entre Aurora e Orion simbolizou o início de uma epopeia que alteraria o curso da humanidade, mostrando o verdadeiro papel que ocupamos no universo.

Somente o futuro revelará os desafios que os esperam, enquanto se aprofundam em territórios inéditos e enfrentam obstáculos em sua incessante busca pela verdade. A trajetória de Aurora e Orion é somente o início de uma saga cativante que aspira maravilhar e influenciar leitores de todos os cantos.

Capítulo 2:

Os Primeiros Sinais

27

O recado misterioso do Dr. Cassius Vega confundia Aurora e Orion. As frases, a princípio, soavam sem lógica. No entanto, ambos tinham consciência de que o colega, agora desaparecido, estava a transmitir uma informação vital.

"O fio da realidade se desenrola em espirais, e os primeiros indícios brotam de nossos próprios íntimos. Percorram o caminho oculto e os vestígios do passado iluminarão a senda do porvir."

Com determinação, os cientistas dedicaram-se a desvendar tal mensagem, procurando pistas que os conduzissem ao rumo correto. Examinaram as informações à mão, sondaram registros antigos e conduziram testes para decodificar a intenção de Cassius.

Em meio a suas investigações, Aurora e Orion tropeçaram num achado notável. Descobriram indícios de que, ao longo dos séculos, mentes brilhantes da humanidade experimentaram lampejos de intuição e inventividade, como se conectassem com um saber elevado. Estas epifanias, muitas referidas como "primeiros indícios", foram pilares para os progressos na ciência, arte e filosofia.

Fascinados, Aurora e Orion passaram a considerar se tais "indícios" poderiam estar ligados a entidades avançadas residentes no âmago humano. Indagavam se tais inspirações seriam de fato uma comunicação entre a humanidade e seres cósmicos.

A procura por esses "indícios" guiou-os em jornadas globais, levando-os a sítios de relevância histórica e cultural. Analisaram trabalhos de renomados cientistas, artistas e filósofos, em busca de padrões e vínculos que esclarecessem a enigma das entidades avançadas e sua influência na trajetória humana.

Ao escarafunchar as ruínas de uma ancestral biblioteca em Alexandria, Aurora e Orion deram de cara com um pergaminho que parecia ecoar a mensagem de Cassius. O documento, redigido numa linguagem quase perdida, versava sobre uma linhagem de entidades que residia nas profundezas do ser humano, moldando e direcionando nossa evolução desde eras passadas.

Com a pulsação elevada e a mente atiçada por questões, Aurora e Orion mergulharam na tradução do venerável pergaminho. Juntos, passaram dias e noites a fio, empregando sua erudição em linguística e história para desvelar seus enigmas.

Conforme progrediam na tradução, os cientistas discerniram que o manuscrito delineava um processo intitulado "Conexão Cósmica" — uma elevação da consciência pela qual os humanos poderiam forjar laços com entidades civilizacionais avançadas, acessando assim sua imensa sabedoria. Por intermédio desse laço, mentes proeminentes de eras passadas foram guiadas e inspiradas, gerando assim algumas das mais grandiosas obras da humanidade.

Intrigados e cada vez mais certos de que a mensagem de Cassius se entrelaçava com a "Conexão Cósmica", Aurora e Orion resolveram mergulhar mais profundamente no tema. Ambos conjecturavam que, se lograssem efetivar esse laço com as civilizações desenvolvidas, poderiam descobrir soluções para os dilemas que assolavam os humanos e, assim, inaugurar um período de paz e florescimento.

Em sua jornada, entraram em diálogo com várias culturas e correntes espirituais, descobrindo práticas e métodos que, alegadamente, conduziriam a estados de consciência superiores. Imersos em estudos sobre meditação, ioga, xamanismo, e outras práticas milenares, almejavam descobrir o caminho para a "Conexão Cósmica".

No decorrer dessa exploração, Aurora e Orion experimentaram uma expansão de sua percepção. Gradativamente, ambos se tornaram mais receptivos às energias e frequências ao seu redor. Em momentos introspectivos, sentiam-se atraídos por uma entidade vasta e enigmática.

Numa noite, ao meditarem sob o manto estelar, uma presença arrebatadora e indefinível fez-se sentir. Uma energia cativante os envolveu, e perceberam que haviam, finalmente, estabelecido a almejada "Conexão Cósmica". Nesse instante, uma voz serena e perspicaz ressoou em suas mentes, compartilhando insights e sabedoria.

Essa voz elucidou que a humanidade estava no limiar de uma profunda metamorfose. Contudo, para efetivar tal mudança, era imperativo superar barreiras que os confinavam a um ciclo de discórdias e adversidades. A chave residia no âmago dos humanos, na habilidade individual de se sintonizar com as civilizações evoluídas e mobilizar a força e o discernimento inerentes.

Aurora e Orion assimilaram que sua tarefa transcendia a mera revelação dessas entidades superiores. Era preciso auxiliar a humanidade a reconhecer seu potencial inato e estabelecer a "Conexão Cósmica", crucial para superar obstáculos e vislumbrar um amanhã mais equilibrado.

Ao assumir essa missão, os cientistas logo reconheceram que se aventuravam em terras inexploradas e arriscadas. Ainda que civilizações avançadas tivessem seus dilemas e objetivos, a voz que os orientava os advertiu sobre presenças obscuras: entidades que, nos confins do cosmos, almejavam metas opostas ao progresso e bem-estar humano. Essas figuras, nomeadas "Os Dissidentes", visavam barrar o avanço humano rumo ao patamar de uma sociedade tipo 1 na escala de Kardashev.

Aurora e Orion, enquanto processavam essas revelações e ponderavam a intricada situação, notaram que agentes incógnitos os monitoravam. Tais agentes, aparentemente cientes das novas descobertas da dupla, tentavam impedi-los de disseminar tais informações.

Agora alvos de forças enigmáticas e carregando um peso quase insustentável, ambos se viram enredados em uma malha de maquinações e conspirações que ameaçavam mais do que suas existências: o porvir de toda a humanidade. Entendiam que, para triunfar, deveriam ser astutos e criteriosos, buscando alianças com aqueles que igualmente haviam percebido os "sinais iniciais" e desejavam um mundo mais harmonioso e equânime.

Foi nesse ínterim que, em meio às suas pesquisas, uma mensagem críptica surgiu, indicando um paraje longínquo e negligenciado. Curiosos, optaram por seguir tal indicação, mesmo alertas sobre possíveis riscos. Sem prever o desenrolar da jornada, essa escolha os conduziu a mistérios ainda mais profundos acerca do universo, assim como ao confronto milenar entre civilizações avançadas e os Dissidentes.

O suspense crescia, e a determinação de Aurora e Orion em desvendar a verdade os levou por rotas sinuosas, encarando perigos inauditos e enfrentando entidades que questionavam sua percepção da realidade.

A cifrada mensagem que ambos decifraram trazia coordenadas para uma área reclusa nas montanhas tibetanas. Apesar da hesitação, perceberam a necessidade de explorar todas as pistas na busca pelos legados de Kardashev e o saber que poderia redimir a humanidade de seu trajeto destrutivo.

Após uma extensa travessia pelas montanhas, Aurora e Orion alcançaram um recôndito vale ladeado por cumes cobertos de neve e profundos desfiladeiros. Nesse lugar, depararam-se com um povoado que o tempo parecia ter esquecido. A população ali mantinha-se fiel a tradições e costumes ancestrais, vivendo de forma singela e em sintonia com o ambiente ao redor.

A princípio, os moradores daquela aldeia encararam os forasteiros com reserva. Contudo, Aurora e Orion, ao mostrarem genuíno apreço e respeito pela cultura local, rapidamente ganharam sua confiança. Foi assim que foram apresentados a Lobsang, uma figura perspicaz e misteriosa.

Embora de porte franzino, os olhos de Lobsang irradiavam uma sabedoria profunda. Ele compartilhou com os visitantes a lenda secreta daquela comunidade, revelando que eram os últimos representantes de uma estirpe antiga de humanos que, por milênios, mantiveram laços com civilizações avançadas. Esses herdeiros de Kardashev, como eram designados, detinham capacidades notáveis e entendimento sobre o cosmos e os seres avançados que residiam no íntimo humano. Eles se afastaram do mundo exterior para salvaguardar tal sabedoria de entidades que aspiravam subjugar a humanidade.

Lobsang desvendou que, através das eras, os herdeiros de Kardashev desenvolveram métodos para aperfeiçoar suas habilidades e estreitar vínculos com tais entidades avançadas. Ele aceitou instruir Aurora e Orion, contudo, alertou-os sobre os desafios íngremes e riscos que tal jornada impunha, forçando-os a enfrentar suas inseguranças e barreiras internas.

Movidos pelo ímpeto de descortinar os mistérios dessas entidades superiores e auxiliar o progresso humano, Aurora e Orion acolheram o desafio. Sob a tutela de Lobsang, embarcaram num rigoroso treinamento físico, psíquico e espiritual, assimilando as práticas milenares dos herdeiros de Kardashev.

À medida que avançavam, Aurora e Orion vivenciavam transformações em suas capacidades e sensações. Passaram a perceber com mais clareza as energias cósmicas, e seus corpos e mentes tornaram-se robustos e plásticos.

A mensagem críptica do Dr. Cassius Vega pairava na mente de Aurora e Orion. Apesar de suas palavras parecerem inicialmente obscuras, a dupla tinha certeza de que seu colega desaparecido queria transmitir uma informação vital.

"O verdadeiro fio se desenrola em espirais; os sinais iniciais se manifestam em nosso âmago.

Percorram o trajeto escondido e as sombras ancestrais clarearão a senda do porvir."

Ambos, dedicados cientistas, mergulharam na tarefa de elucidar o enigma, procurando pistas que os conduzissem na direção adequada. Vasculharam dados existentes, inspecionaram registros históricos e empreenderam experimentos para decodificar a mensagem de Cassius.

No curso de suas investigações, Aurora e Orion depararam-se com um achado impressionante. Descobriram indícios de que, ao longo dos tempos, mentes brilhantes da humanidade tinham experimentado picos de intuição e inventividade, onde pareciam acessar um saber transcendente. Estas epifanias, frequentemente intituladas "sinais iniciais", catalisaram avanços em ciência, arte e filosofia.

Movidos pela descoberta, eles aventuraram-se na ideia de que tais "sinais iniciais" pudessem estar ligados a entidades avançadas que coexistiam no âmago humano. Questionaram se esses lampejos não seriam diálogos entre humanidade e seres cósmicos.

Sua caçada pelos "sinais iniciais" conduziu-os a um périplo global por locais de marcante valor histórico. Adentraram os legados de luminares da ciência e da arte, na tentativa de identificar padrões que desvelassem a influência de entidades avançadas na trajetória humana.

Numa visita às ruínas da histórica biblioteca de Alexandria, um manuscrito capturou sua atenção, parecendo ligar-se diretamente à missiva de Cassius. Ele narra sobre entidades que habitavam os recessos humanos, orientando e moldando nossa evolução desde eras remotas.

Com fervor e inúmeras interrogações, imergiram na tradução desse documento antigo, aplicando seus conhecimentos históricos e linguísticos. Gradualmente, discerniram que ele detalhava um processo nomeado "Conexão Cósmica", uma elevação de consciência que permitia ao humano vincular-se a tais entidades e acessar seu acervo de saberes. Através dessa conexão, mentes geniais do passado haviam sido inspiradas, gerando as magnum opus da humanidade.

Determinados a aprofundar-se nessa conexão, buscaram métodos para estabelecê-la, esperando desvendar soluções para dilemas humanos e pavimentar uma era de paz. Na busca, mergulharam em tradições espirituais, estudando práticas milenares como meditação e xamanismo.

Ao se engajarem nestas práticas, uma transformação se manifestou neles. Começaram a sentir uma proximidade com uma energia enigmática e omnipresente. Em uma noite, enquanto meditavam sob o céu constelado, sentiram uma presença sublime, finalmente estabelecendo a "Conexão Cósmica". Uma voz serena e profunda lhes transmitiu sabedoria, apontando para uma iminente transformação humana.

Compreenderam que sua tarefa ia além de expor tais entidades; deveriam guiar a humanidade ao despertar de seu potencial. Contudo, esse propósito trouxe consigo perigos insondáveis. Foram advertidos sobre "Os Dissidentes", seres com intenções nefastas, determinados a obstruir o progresso humano.

Ao tentar assimilar tal realidade, notaram que estavam sendo vigiados. Agentes desconhecidos, cientes de suas descobertas, procuravam detê-los. Envolvidos agora numa trama de conspirações, perceberam que sua missão era repleta de adversidades. No entanto, uma nova mensagem enigmática os guiou a um lugar remoto. Sem antever o que os aguardava, embarcaram nesse trajeto, que revelaria mais sobre o cosmos, a luta entre as entidades avançadas e os Dissidentes...

Capítulo 3:

As Estranhas Descobertas

41

Aurora e Orion, motivados a seguir a direção apontada pelo espírito de Kardashev, iniciaram uma jornada saturada de desafios e descobertas surpreendentes. O saber que absorveram de Lobsang e do espírito de Kardashev começou a moldá-los de formas inimagináveis, fazendo-os discernir ligações e padrões escondidos no universo à sua volta.

Ao desbravarem ruínas ancestrais e locais sacros, a dupla de cientistas encontrou peculiares inscrições e artefatos que pareciam confirmar as informações obtidas sobre as civilizações avançadas e o conflito velado ocorrendo em um nível cósmico. Descobriram também indícios de que indivíduos ao longo dos tempos toparam com tais segredos, tentando alertar a humanidade sobre os riscos e oportunidades que se apresentavam.

No entanto, à medida que Aurora e Orion se imergiam em seus estudos, atraíam olhares de entidades poderosas e ameaçadoras. Agentes dos Dissidentes, crescentemente obstinados em obstar que a dupla desvendasse os enigmas das civilizações elevadas, passaram a persegui-los com táticas mais incisivas e intransigentes.

Em uma noite escura e chuvosa, refugiando-se em uma caverna oculta nas entranhas de uma mata cerrada, foram encurralados por um esquadrão de Dissidentes armados, resolutos em detê-los. Preparando-se para confrontar seus adversários, perceberam que, mesmo com seus recentes dotes e saberes, estavam em desfavor e em perigo eminente de serem aprisionados ou algo pior.

No ápice desse cenário crítico, Lobsang surgiu, quase que do vácuo. Seu semblante tranquilo e olhar incisivo desafiavam a hostilidade dos Dissidentes. Em um gesto ágil e exato, neutralizou os agentes mais próximos e erigiu uma muralha energética que mantinha os restantes afastados.

Lobsang esclareceu que estava ciente do perigo que pairava sobre Aurora e Orion, e havia vindo entregar-lhes um artefato de imenso poder – um amuleto cósmico que, afirmava, os auxiliaria frente aos obstáculos e inimigos de sua odisséia. O amuleto, um gema cravada em um medalhão cintilante, exalava uma energia enigmática e reconfortante.

Entretanto, antes que Lobsang conseguisse entregar o amuleto a Aurora e Orion, um evento inusitado ocorreu. Uma potente explosão reverberou pela caverna, causando a queda de pedras e destroços do teto, obstruindo a entrada. O impacto da detonação derrubou os três aventureiros, afastando-os e deixando-os temporariamente aturdidos.

Ao se erguerem, Aurora e Orion, ainda abalados, notaram o desaparecimento de Lobsang, e que o amuleto cósmico estava enterrado entre os escombros. Enquanto tentavam assimilar o ocorrido, ambos se questionavam se os Dissidentes teriam causado a explosão ou se havia uma força mais sinistra em ação.

Por outro lado, Lobsang, inconsciente, encontrava-se em um ambiente surreal e desconhecido. Tudo ao seu redor era uma amalgama de cores e formas que desafiavam o entendimento. O ambiente pulsava com uma energia misteriosa, mas sentia-se também uma estranha ausência de vida.

Nessa paisagem distorcida, Lobsang buscava desesperadamente por algo reconhecível. Visões aterrorizantes emergiam por todos os cantos, apresentando seres e cenários que ele jamais poderia ter concebido. Parecia estar sendo sugado por um vórtice de temor e insanidade, sem capacidade de resistir à atração do desconhecido.

Enquanto lutava contra essa realidade perturbadora, um sussurro profundo e distante ressoava em sua consciência, advertindo sobre um perigo iminente, não só para Aurora e Orion, mas para todo o universo. Lobsang compreendeu que precisava retornar e alertar seus companheiros sobre suas visões.

De algum modo, Lobsang logrou transpor a barreira entre o domínio abstrato e a realidade. Ao acordar na caverna, sentiu-se preenchido por uma força e determinação avassaladoras. Seu corpo vibrava como se estivesse no ápice do potencial humano, sua mente, apesar de tudo, permanecia límpida.

Com um grito visceral, Lobsang lançou-se contra os Dissidentes que ameaçavam Aurora e Orion. Sua luta foi intensa e com um ímpeto nunca antes demonstrado, subjugando seus adversários com uma força inigualável. Os Dissidentes, desconcertados pela metamorfose de Lobsang, retrocederam, reconhecendo que enfrentavam uma força além de sua compreensão.

Aurora e Orion observavam, incrédulos, enquanto Lobsang confrontava os agentes dos Dissidentes. Estavam ao mesmo tempo fascinados e apavorados pela intensidade e vigor que irradiavam dele. Ambos suspeitavam que algo perturbador se desenrolara com Lobsang durante seu súbito desfalecimento e questionavam-se sobre as visões e descobertas que ele poderia ter tido.

Ao fim do embate, com os Dissidentes subjugados, Lobsang, ofegante e visivelmente cansado, desabou de joelhos sobre o solo da caverna. Seus olhos pareciam dilatados e sua respiração se mantinha acelerada, como se ainda estivesse batalhando com os espectros do reino abstrato que visitara. Aurora e Orion aproximaram-se, tentando desvendar o ocorrido e seu impacto na missão que tinham.

Com a voz trêmula, Lobsang tentou narrar o que presenciara durante sua incursão pelo mundo abstrato. Relatou sobre a ameaça iminente pairando sobre as civilizações e sobre a voz enigmática que o advertira. Aurora e Orion absorviam cada palavra, buscando compreender as implicações para o propósito que compartilhavam.

Embora ainda influenciado pela energia que o motivara contra os Dissidentes, Lobsang não se deu conta de que sua força ampliada ainda estava ativa. Ao tentar erguer-se e apoiando-se em Aurora para equilibrar-se, sem perceber, sua potência desmedida feriu-a gravemente, levando-a a soltar um grito de dor antes de cair desfalecida.

Vendo o desastre, Orion precipitou-se para socorrer Aurora. Lobsang, ao entender o erro que cometera, retrocedeu, dominado por consternação e culpa. Aurora estava seriamente machucada, e mesmo sem ser especialista, Orion reconheceu a urgência de obter auxílio, ou ela poderia não resistir.

Com olhar repleto de angústia, Orion confrontou Lobsang: "O que você fez? Precisamos de ajuda para Aurora, imediatamente!" Lobsang, ainda atordoado, apenas acenou em concordância, consciente de sua falha colossal.

Enquanto Orion se esforçava para estabilizar Aurora, Lobsang vasculhava a caverna em busca do amuleto cósmico que trouxera. Ciente do potencial do artefato, sabia que este talvez fosse o último recurso para salvar Aurora. Após remexer entre os destroços, Lobsang localizou o amuleto, entregando-o prontamente a Orion, que o utilizou, focando uma energia revitalizante sobre Aurora.

Aurora e Orion, impulsionados pelo legado do espírito de Kardashev, embarcaram em uma odisséia recheada de enigmas e descobertas. O saber adquirido através de Lobsang e do espírito de Kardashev começou a moldá-los de formas surpreendentes, fazendo-os discernir elos e padrões encobertos em sua realidade.

Durante suas incursões por ruínas milenares e santuários, depararam-se com inscrições enigmáticas e artefatos que pareciam confirmar as histórias sobre civilizações avançadas e uma batalha secreta em escala cósmica. Acharam indícios de que outros, no passado, haviam topado com tais segredos e tentaram advertir a humanidade sobre os riscos e potenciais diante dela.

No entanto, à medida que aprofundavam suas pesquisas, Aurora e Orion atraíam a atenção de entidades poderosas e hostis. Agentes dos Dissidentes, obstinados em barrar suas descobertas, os perseguiram incessantemente com táticas cada vez mais brutais.

Em uma noite chuvosa e obscura, abrigando-se em uma gruta oculta numa floresta fechada, foram surpreendidos por Dissidentes armados, determinados a apreendê-los. Enquanto se armavam contra seus caçadores, perceberam que, mesmo com suas novas destrezas, estavam em desvantagem, correndo risco real de captura ou pior.

Nesse instante crucial, Lobsang surgiu, como que do vazio. Seu semblante calmo e olhar agudo desafiavam a hostilidade dos Dissidentes. Em um gesto ágil, ele neutralizou os agentes mais próximos, erguendo uma barreira energética que repelia os demais.

Ele mencionou estar ciente do perigo que pairava sobre Aurora e Orion, trazendo consigo um artefato de grande poder — um amuleto cósmico que os auxiliaria em sua jornada. Tal amuleto, uma gema encaixada em um medalhão reluzente, irradiava uma aura enigmática e tranquilizadora.

Porém, antes de entregar o objeto, uma detonação retumbou na caverna, ocasionando deslizamentos e obstruindo a saída. O impacto derrubou os três, dispersando-os e desorientando-os brevemente.

Ao se recomporem, ofegantes e confusos, notaram o desaparecimento de Lobsang e a perda do amuleto entre os destroços. Tentavam entender se os Dissidentes eram os responsáveis ou se havia forças mais obscuras em ação.

Lobsang, inconsciente, encontrava-se em uma dimensão estranha e insondável, com uma paisagem de cores e contornos que desafiavam o entendimento. Um local carregado, porém vazio.

Errando por esse território alienígena, ele buscava alguma lógica no que presenciava. Por todos os lados, vislumbrou entidades e eventos desconhecidos. Sentia-se sugado para um vácuo de temor e delírio, incapaz de resistir ao que o arrastava.

Em meio a essa turbulência, uma voz grave reverberou em sua mente, advertindo sobre uma ameaça não só para Aurora e Orion, mas para todo o cosmos. Ele sabia da urgência em retornar e advertir seus aliados.

De algum modo, Lobsang transpôs a fronteira entre aquele plano e a realidade. Despertando na gruta, estava inundado de uma energia selvagem. Seu grito feroz intimidou os Dissidentes que tentavam alcançar Aurora e Orion. A destreza e vigor com que os enfrentou os fez recuar, confusos diante de tal transformação.

Aurora e Orion assistiam atônitos, perguntando-se que revelações Lobsang poderia ter tido. Após a confrontação e com os Dissidentes repelidos, um esgotado Lobsang cedeu ao cansaço. Tentou transmitir o que vivenciara, alertando-os sobre a ameaça iminente.

Porém, sem perceber que sua potência ampliada ainda estava ativa, ao se apoiar em Aurora, causou-lhe um grave ferimento. Enquanto Orion corria em auxílio de Aurora, Lobsang, aterrorizado com sua ação involuntária, retraiu-se em culpa e desespero. A situação tornava-se cada vez mais crítica.

Capítulo 4:
Revelações Ocultas

53

Aurora, imersa no enigmático mundo abstrato, vagava por passagens retorcidas e cenários mutáveis, tentando encontrar algum propósito naquele domínio insólito. O tempo parecia distorcido desde o momento em que fora atingida, e a angústia sobre seus amigos a consumia por dentro. Aquela voz profunda e remota, referida por Lobsang, era uma constante, mas sempre parecia estar um passo além de sua compreensão.

No plano físico, Orion e Lobsang haviam alcançado uma vila escondida ao sopé das montanhas, onde encontraram Ravi, um curandeiro de vasta experiência. Este aceitou a tarefa de auxiliar Aurora e também ajudar a resgatar sua essência do mundo abstrato.

Ravi, com sua barba alva e olhos penetrantes, dava a impressão de saber mais sobre o dilema do que inicialmente mostrava. Após analisar Aurora com atenção, compartilhou com os amigos ansiosos uma revelação: o amuleto cósmico, confiado por Lobsang a Orion, escondia propriedades surpreendentes.

"Esta relíquia", começou Ravi, iluminando-a contra a luz, "descende de antigos guardiães que compreendiam os mistérios de civilizações avançadas. Possui a habilidade de ligar quem o porta ao mundo abstrato, mas sua verdadeira função é ainda mais grandiosa: resguardar seu detentor das entidades obscuras deste reino."

Os olhares inquietos se cruzaram entre Orion e Lobsang. Reconheciam a urgência em salvar Aurora, mas também a iminente ameaça de se aventurar por territórios tão antigos e desconhecidos.

Ravi prosseguiu: "Para reconduzir Aurora a este plano, deverão adentrar o mundo abstrato e conduzi-la até a saída. O amuleto será sua defesa, desde que atuem com propósito firme e mantendo a mente receptiva."

Resignados, mas determinados, Orion e Lobsang aceitaram a arriscada missão. Sob as orientações de Ravi, seguraram firmemente o amuleto cósmico, fecharam os olhos e focaram na sua meta: salvar Aurora.

Ao adentrarem o domínio abstrato, foram envolvidos por um turbilhão de emoções e percepções inéditas. A paisagem volúvel os desafiava, mas a determinação em sua tarefa os mantinha focados.

Paralelamente, Aurora se deparava com uma estrutura majestosa, esculpida em luz pura. Aquela voz profunda e evasiva reverberava em suas profundezas, como um sussurro em busca dela.

Indecisa, porém sem alternativas, Aurora optou por investigar a edificação e encarar a voz enigmática. Em sua jornada, ela se deparou com murais e gravações que narravam a trajetória das civilizações de Kardashev e o embate intergaláctico em progresso. Aurora começou a discernir que os confrontos entre as civilizações de tipo 5 e a iminência de um tipo 6 ultrapassavam simples lutas por dominação: eram confrontos em busca do equilíbrio e estabilidade universais. A voz enigmática, parecia, de algum modo, tentar comunicar a Aurora o quão crítica era a conjuntura e o peso de suas decisões.

Paralelamente, Orion e Lobsang aventuravam-se pelo reino abstrato, superando desafios e enfrentando perigos insólitos. Depois de um tempo que pareceu infinito, reuniram-se com Aurora ao pé da gigantesca estrutura luminosa.

Juntos, desafiaram a voz enigmática, que se manifestou como a encarnação do conhecimento acumulado das civilizações de Kardashev. A entidade elucidou que tinham sido selecionados para uma missão vital na preservação do equilíbrio cósmico e que deveriam lidar com os riscos das civilizações de tipo 5 e prevenir a evolução ao tipo 6.

Com um crescente senso de urgência, o trio se aliou, utilizando o amuleto cósmico para regressar ao plano físico. Contudo, ao fazê-lo, constataram uma perturbadora anomalia.

Lobsang, o último a deixar o domínio abstrato, se deu conta de que estava em uma dimensão temporal distinta da de Orion e Aurora. Achava-se em uma realidade alternativa onde as civilizações avançadas eram conhecidas pelos humanos e o planeta Terra beirava um embate catastrófico entre as distintas entidades cósmicas.

Neste universo alternativo, Lobsang descobriu que apenas civilizações de tipo 4 ou superior possuíam a capacidade de transitar entre dimensões temporais e espaciais. Soube, também, que a entidade sábia do reino abstrato se fragmentara em múltiplas facetas, cada qual simbolizando um segmento do saber das civilizações de Kardashev.

Enquanto isso, na dimensão original, Orion e Aurora se empenhavam em decifrar o paradeiro de Lobsang e como poderiam reavê-lo. Procuraram o aconselhamento de Ravi, que lhes confidenciou que a solução residia em reunir as fragmentadas versões da entidade sábia para reestabelecer a harmonia no mundo abstrato e reconduzir Lobsang à sua realidade temporal.

Portanto, Orion e Aurora iniciaram uma busca pelas partes dispersas da entidade sábia, enfrentando ao longo do trajeto adversidades e opositores formidáveis. Cada enfrentamento os aproximava de uma compreensão mais profunda sobre as civilizações de Kardashev e da importância fundamental que teriam na preservação do equilíbrio cósmico.

Em um fluxo temporal alternativo, Lobsang empenhava-se incansavelmente para prevenir um confronto iminente entre as facções estelares e reencontrar seus amigos. A cada movimento, tomava mais consciência da magnitude das civilizações evoluídas e da responsabilidade que agora dividia com Orion e Aurora para resguardar o cosmo conhecido.

Durante suas jornadas individuais, Orion, Aurora e Lobsang começaram a desentrelaçar o intrincado enredo de traições e artimanhas que moviam os adversários. Ao descobrirem mais sobre as facções estelares em disputa, percebiam que a conjuntura era bem mais intrincada do que supunham inicialmente.

No fluxo temporal original, Ravi esclareceu a Orion e Aurora que as civilizações de nível 5, apesar de serem avançadas e formidavelmente potentes, se encontravam em um dilema. Possuíam metas e aspirações próprias: algumas almejavam o domínio do cosmo, enquanto outras defendiam a paz e sintonia entre todas as entidades. O advento de uma civilização de nível 6 poderia perturbar esse equilíbrio, acarretando em catástrofes de escala impensável.

Em paralelo, na outra linha temporal, Lobsang descobriu que certos adversários eram agentes duplos, atuando para instigar discórdia e desequilibrar as facções cósmicas. Intentavam propagar o tumulto e a aniquilação, a fim de realizar seus próprios desejos de supremacia. Lobsang reconheceu a urgência de desmascarar tais agentes e frustrar seus intentos malévolos.

Orion e Aurora, na tentativa de reunir as partes da entidade sábia, também enfrentaram desafios semelhantes. Encontraram ao longo de sua jornada aliados e antagonistas, cada qual com suas motivações e mistérios. Decifrar esse emaranhado e discernir quem verdadeiramente estava a seu lado tornou-se uma missão complexa e arriscada.

Enquanto os três amigos prosseguiam em suas missões distintas, estabelecer um canal de comunicação entre eles mostrou-se fundamental.

Com o auxílio de Ravi e do amuleto cósmico, estabeleceu-se uma conexão telepática entre as distintas linhas temporais, favorecendo a troca de informações e apoio recíproco.

Esta ligação possibilitou a Orion, Aurora e Lobsang compartilhar dados cruciais acerca das intenções dos oponentes e dos perigos que enfrentavam. Unidos, delinearam uma estratégia para desmascarar os infiltrados, consolidar as partes dispersas da entidade sábia e prevenir o nascimento de uma civilização de nível 6.

Porém, à medida que progrediam em seus objetivos, Orion, Aurora e Lobsang sentiam que o adversário parecia sempre estar à sua frente, antecipando-se a seus movimentos e decisões. A desconfiança de que um traidor infiltrado entre seus aliados estava fornecendo dados aos oponentes tornou-se evidente.

Diante desta adversidade, Orion, Aurora e Lobsang reconheceram a necessidade de proceder com prudência e discernimento. Era imperativo desvendar a identidade do traidor para proteger suas missões de sabotagens.

Ao se equiparem para os iminentes desafios, os três também refletiram sobre o propósito mais profundo de sua missão e seu impacto no destino cósmico. Entendiam que o embate contra os adversários era apenas o prelúdio de um embate mais amplo, com maiores batalhas à espreita.

Subitamente, a realidade temporal de Lobsang começou a fragmentar-se, atacada por forças escondidas intensamente destrutivas. O contínuo espaço-temporal parecia se despedaçar, e Lobsang constatou que a situação alcançava um ponto crítico. Caso sua linha temporal desabasse por completo, ele e todos os seus habitantes seriam aniquilados.

Contando com o respaldo de seus aliados telepaticamente vinculados, Lobsang concebeu um plano ágil visando preservar sua realidade temporal e a sua própria existência. Estava ciente de que civilizações de nível 4 tinham a capacidade de moldar o espaço-tempo e realidades paralelas, e almejava usar esse saber em seu benefício.

Ao passo que Orion e Aurora intensificavam a procura pelas essências dispersas da entidade sábia, Lobsang buscou colaboração entre os seres de sua realidade. Encontrou um coletivo de cientistas e místicos unidos no intento de compreender e dominar as forças latentes que ameaçavam seu universo.

Juntos, eles conceberam um plano audaz: ao canalizar as energias latentes e focá-las num único ponto, talvez conseguissem estabilizar a sequência temporal, evitando sua ruína. Contudo, tal empreitada demandaria um poder e exatidão colossais, e as chances de insucesso eram consideráveis.

Enquanto isso, na sequência temporal primordial, Orion e Aurora aproximavam-se da reunião de todas as facetas da entidade iluminada. Reconheciam que o tempo para Lobsang estava se esvaindo e a urgência de agir em seu auxílio se tornava palpável.

O momento decisivo se apresentou. Lobsang e seus parceiros posicionaram-se no ponto determinado, canalizando toda sua energia com o objetivo de consolidar a sequência temporal. Simultaneamente, Orion e Aurora lograram reunir todas as facetas da entidade iluminada, suplicando sua intervenção.

A entidade, agora íntegra, emitiu um pulso energético cósmico através do amuleto que interligava os amigos em telepatia. Tal força fundiu-se ao empenho de Lobsang e de seus parceiros, gerando um poder capaz de prevenir a queda da sequência temporal.

Todavia, essa intervenção teve seu preço. A energia desencadeada originou uma nova sequência temporal, mesclando elementos das duas realidades pré-existentes. Lobsang foi deslocado de seu universo, reencontrando-se na sequência original com Orion e Aurora.

Apesar do alívio de seu reencontro e de terem evitado a aniquilação temporal de Lobsang, o trio reconhecia que o desafio supremo ainda se delineava à frente. Unidos, confrontariam as entidades escondidas que comprometiam o cosmos, batalhando para salvaguardar o equilíbrio universal. A fusão temporal alterou o mundo de modos imprevistos, confrontando-os com adversários e aliados de ambas as dimensões.

Ravi sugeriu um retorno ao reino abstrato, onde a entidade iluminada os elucidaria sobre as consequências da fusão e a abordagem para os desafios emergentes. Com renovada determinação, o trio concordou, adentrando em uma nova expedição ao reino abstrato, cientes de que o destino de toda existência estava em suas mãos.

Ao adentrarem o mundo abstrato, foram acolhidos por uma entidade sábia de semblante preocupado. Ela lhes revelou que a fusão de linhas temporais despertara energias ancestrais e escondidas, que agora colocavam em risco a estabilidade de todo o universo. Segundo ela, somente com a união das forças das civilizações de Kardashev e a fusão do saber de ambas as realidades poderiam enfrentar essa ameaça iminente.

Contudo, a entidade sábia fez uma ressalva: buscar ajuda em seu mundo abstrato poderia ser contraproducente, uma vez que a cada visita a esse plano, chamavam mais atenção das forças obscuras, tornando-se alvos cada vez mais evidentes. Ela os exortou a agir com prudência e a depositar confiança em sua própria perspicácia e poder.

Com tal descoberta, Orion, Aurora e Lobsang regressaram ao mundo material, decididos a congregar as civilizações de Kardashev para confrontar as forças latentes que ameaçavam a existência universal. Estavam cientes das adversidades que encontrariam pela frente, mas se mantinham resolutos, apoiados na solidez de sua aliança e na iluminação do conhecimento adquirido em suas andanças.

Desse modo, encerrava-se o capítulo das "Revelações Ocultas", inaugurando uma etapa crucial na luta pela preservação do universo. Enquanto Orion, Aurora e Lobsang se preparavam para os imprevistos e provações que viriam, sua determinação em salvaguardar o equilíbrio cósmico e assegurar a continuidade da vida nunca foi tão inabalável.

Capítulo 5:

O Legado das Civilizações Antigas

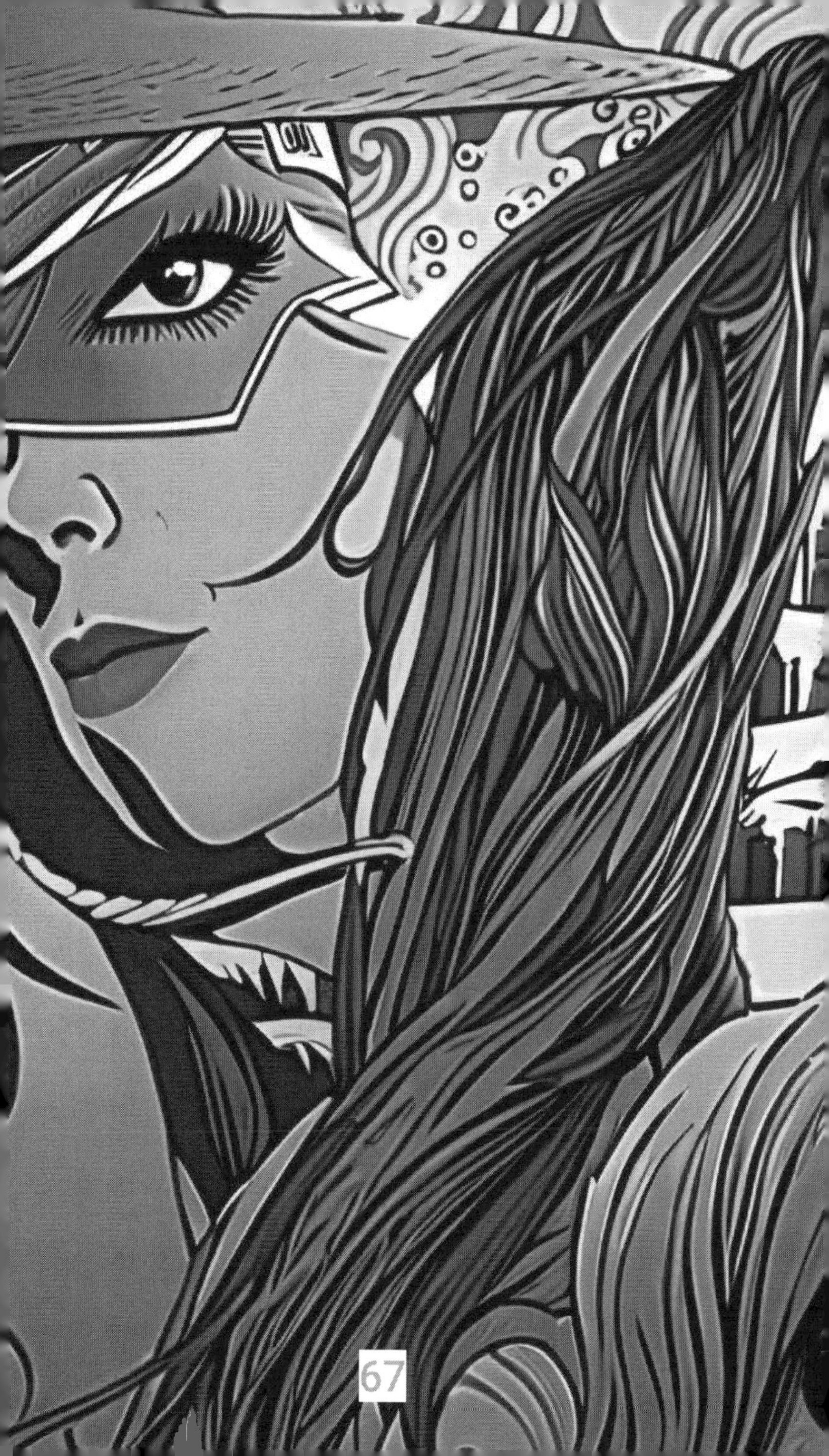

Ravi, um jovem vibrante e inquieto, sempre foi seduzido pelos enigmas do cosmos e pelos relatos das civilizações ancestrais. Desde cedo, dedicava horas imerso na biblioteca de sua cidade, explorando antigos livros e manuscritos, em busca de entender civilizações que o tempo esqueceu.

Em sua jornada de aprendizado, Ravi mergulhou nas proezas de sociedades de outrora. Fascinou-se com as pirâmides egípcias, os majestosos templos de Angkor Wat no Camboja e as enigmáticas cidades ocultas da América do Sul. Era cativado pela rica tapeçaria de culturas que precederam sua era e pelos notáveis avanços tecnológicos e culturais que legaram.

Com o amadurecimento, sua paixão pelo conhecimento das antigas culturas intensificou-se. Ravi estava persuadido de que as soluções para dilemas contemporâneos da humanidade estavam enraizadas em seu passado. Para ele, desvelar os mistérios de tais civilizações era o caminho para iluminar o futuro da humanidade.

Em uma de suas incursões pela biblioteca, um volume antigo e desgastado pelo tempo chamou sua atenção. Com a capa marcada e um título quase apagado, ele não resistiu e mergulhou em suas páginas. O que encontrou ali redefiniria seu destino.

O livro revelava a existência de Kardashev, uma civilização ancestral de avanço tecnológico e espiritual inimaginável para os padrões contemporâneos. Eles detinham o domínio da viagem estelar, manipulavam a tessitura do espaço-tempo e transcendiam as fronteiras do plano material.

Cativado por tal revelação, Ravi comprometeu-se a desenterrar os segredos de Kardashev e a beber de sua sabedoria. Ele dedicou anos a estudos intensivos, vasculhando cada informação disponível sobre essa civilização esquecida.

Nessa odisséia de descobertas, Ravi cultivou habilidades singulares. Tornou-se versado em diversos idiomas antigos, dominou a arte de interpretar códigos enigmáticos e aprofundou-se nas leis cósmicas e nas dinâmicas do espaço-tempo.

À medida que Ravi se aprofundava no estudo das civilizações ancestrais, percebia que não era o único nessa busca. Havia muitos, assim como ele, fascinados pelos enigmas da antiguidade, procurando respostas nas culturas e tradições milenares. Em sua trajetória, Ravi encontrou indivíduos de interesses afins, formando assim um coletivo dedicado a desvendar os segredos de povos antigos e a compreender o legado de Kardashev.

Já adulto e renomado como uma autoridade em civilizações antigas, Ravi recebeu convites para ensinar em prestigiadas universidades russas. Em sua jornada acadêmica, teve o privilégio de guiar diversos estudantes talentosos. Porém, um em especial, Iosif Shklovsky, destacou-se. Iosif, um jovem audaz e astuto, rapidamente se tornou protegido de Ravi. Ambos investiram inúmeras horas em pesquisas e debates sobre a civilização Kardashev e suas notáveis conquistas. A relação entre Ravi e Iosif transcendeu a de professor-aluno, transformando-se em uma sólida amizade e parceria intelectual.

Eventualmente, Iosif concluiu seus estudos e empreendeu sua trajetória acadêmica, consolidando-se como um respeitável mentor na Rússia. Entre seus discípulos mais proeminentes estava Nikolai Kardashev, um jovem perspicaz e curioso. Sua ardente paixão pelas civilizações antigas e seu dom para desvendar os mistérios cósmicos não tardaram a impressionar Iosif.

Sob a tutela de Iosif, Nikolai emergiu como uma das principais referências sobre o legado de Kardashev, fazendo descobertas inovadoras.

Nutridos pelos ensinamentos de Ravi, Iosif e Nikolai colaboraram intensamente, visando decifrar e ampliar a compreensão sobre as civilizações de tipos 1, 2 e 3, bem como suas proezas tecnológicas e esotéricas.

Porém, a verdadeira profundidade do legado de Kardashev só foi plenamente percebida quando Nikolai dedicou-se ao estudo das civilizações de tipos 4 e 5. Nessa empreitada, ele constatou que as civilizações tipo 5 já coabitavam conosco, manifestando-se como bactérias e vírus, moldando a evolução humana e o rumo do cosmos.

Nikolai, agora reconhecido como um mestre, cruzou caminhos com um indivíduo chamado Lobsang, que compartilhava da mesma sede por saber das civilizações ancestrais. Impressionado pela tenacidade e ânimo de Lobsang, Nikolai optou por dividir com ele seu conhecimento sobre as civilizações de tipo 5 e o legado Kardashev.

Unindo forças, ambos se lançaram em uma missão para desvelar os mistérios das civilizações mais avançadas e sua influência cósmica. Nesse ínterim, Nikolai emergiu como uma figura sábia e de grande influência, guiando não somente Lobsang, mas também Aurora e

Orion, dois jovens que se cruzaram com eles em uma gruta enigmática.

Os caminhos de Ravi se entrelaçaram intricadamente com os de seus discípulos e daqueles que, por sua vez, eles instruíram, consolidando uma união em sua incessante procura por entendimento do legado de Kardashev e das civilizações primordiais. Contudo, a jornada pelo saber pode ser tortuosa, e Ravi estava prestes a confrontar uma das maiores adversidades de sua existência.

De maneira abrupta e desoladora, tanto Iosif quanto Nikolai foram vítimas de óbitos enigmáticos. Em plena saúde, começaram a manifestar tosses convulsivas e insólitas que rapidamente se tornaram debilitantes. A despeito das tentativas médicas, a origem desses sintomas letais permaneceu um enigma, e Ravi se viu diante do luto por perder seus mais íntimos companheiros.

O falecimento de Iosif e Nikolai abalou profundamente Ravi, fazendo-o reavaliar sua incessante busca pelos segredos das civilizações ancestrais. Teriam suas revelações invocado entidades ocultas e maléficas que agora se manifestavam contra eles? O legado de

Kardashev seria realmente uma dádiva ou um infortúnio?

Afligido por dúvidas e temores, Ravi optou pelo isolamento, almejando preservar-se e evitar que mais tragédias acometessem aqueles ao seu redor. Refugiou-se em uma cabana solitária nas montanhas, dedicando-se à introspecção e à reflexão, distante das seduções e riscos inerentes à sua busca.

Todavia, o reclusão não suprimiu o anseio de Ravi pelo entendimento das civilizações do passado. Em contrapartida, direcionou seus esforços a domínios distintos, como a espiritualidade e meditação, ansiando por elucidar os eventos sombrios que marcaram sua trajetória.

Durante seu retiro, Ravi tornou-se profundamente ciente das ligações entre o universo físico e o espiritual. Ele passou a entender que, para apreender verdadeiramente o legado de Kardashev e das civilizações ancestrais, teria que ultrapassar os confins de sua consciência e adentrar o reino do espírito.

Gradativamente, Ravi aflorou habilidades psíquicas e intuitivas, o que lhe proporcionou acesso a saberes até então inalcançáveis. Ele passou a ter visões e a receber mensagens de entidades espirituais e cósmicas, orientando-o em sua incessante busca por compreensão.

Foi nesse íntimo período de introspecção que Ravi desvendou a verdade por trás das mortes de Iosif e Nikolai. Ele compreendeu que elas não tinham sido ocasionadas por entidades nefastas, mas pelas mesmas civilizações tipo 5 que eles haviam investigado com tanto fervor. Estes seres, receosos de que a humanidade desvelasse seus segredos e obstruísse seus designíos, decidiram suprimir aqueles que viam como ameaça.

Com tal revelação e movido pelo desejo de honrar a lembrança de seus amigos, Ravi entendeu que era o momento de reintegrar-se ao mundo, prosseguindo sua jornada em busca do legado das civilizações passadas. Mesmo já em idade avançada, Ravi mantinha-se firme no propósito de elucidar os enigmas cósmicos e resguardar a humanidade de perigos insidiosos.

A despeito dos desafios e do luto pelas perdas de Iosif e Nikolai, Ravi emergiu como uma personalidade venerada em sua sociedade. Sua vasta erudição, fruto de décadas de dedicação e vivências, tornou-se um farol para muitos.

O ancião Ravi, um dos mais longevos de sua era, perseverava na busca por verdades e iluminação, mesmo com a saúde em franco declínio. Cônscio dos riscos, estava decidido a legar sua sabedoria às futuras gerações antes que se esgotasse o tempo.

Crendo que sua herança e descobertas seriam perpetuadas por mentes aguçadas e destemidas, Ravi experimentou uma serenidade que há tempos não sentia. No entanto, em um dia corriqueiro, ao mirar o horizonte, uma tosse se fez presente em Ravi.

Capítulo 6:

A Conexão Microscópica

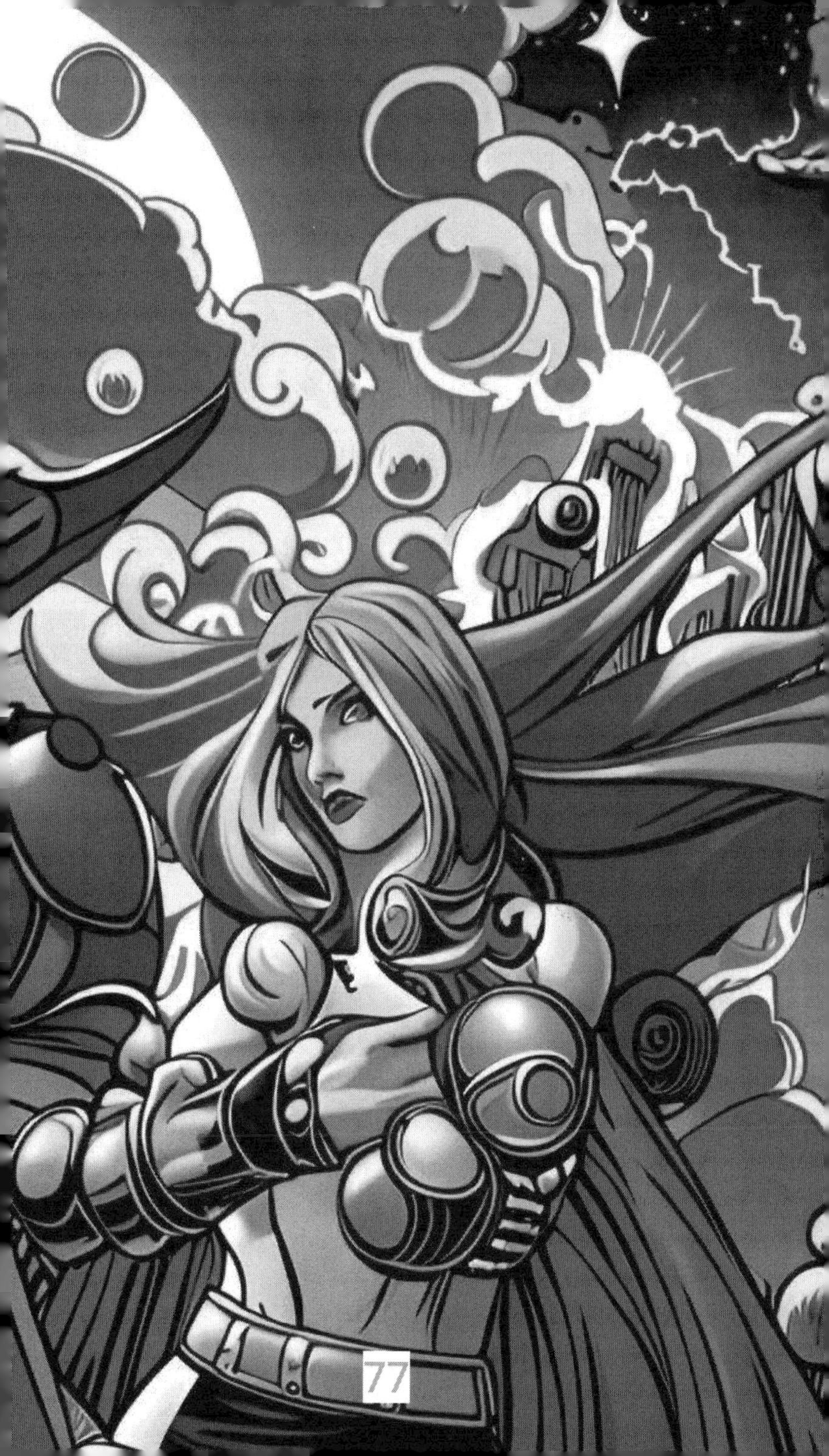

Orion e Aurora estavam lado a lado na serena cidade de Lúmen, buscando serenidade após os surpreendentes acontecimentos do quarto capítulo. A turbulência dos eventos deixou ambos inquietos, mas ao mesmo tempo, cheios de indagações sobre o que haviam descoberto. Era evidente para eles a necessidade de aprofundar o entendimento da relação entre as civilizações de Kardashev e as minúsculas entidades que coabitavam seus seres.

Nas recentes semanas, a dupla havia compartilhado inúmeros momentos, decifrando enigmas do cosmos e solidificando seus laços. Narravam episódios de suas trajetórias, encontrando conforto em risadas e lágrimas conjuntas, e uma antiga chama da juventude parecia reacender em seus corações.

Em um momento introspectivo, Aurora percebia uma ligação intensa e singular com Orion. Questionava-se internamente se ele também sentia essa evolução em seus sentimentos e se estaria aberto a mergulhar nesse renascente ardor. Aurora carregava consigo uma inquietação sobre o rumo de sua relação, mas uma intuição profunda sugeria um destino compartilhado.

Orion, por sua vez, sentia-se em um mar de ambivalência quanto a Aurora. A pujança de seus sentimentos e o receio do incerto o faziam hesitar.

Porém, era inegável que Aurora emanava uma luminosidade e uma exultação que haviam se tornado raras em sua vida.

Em suas reflexões, os dois começavam a discernir que a compreensão da ligação minúscula entre as civilizações de Kardashev e as entidades em seu interior estava entrelaçada à sua própria travessia emocional. A energia vibrante entre eles parecia se harmonizar com as entidades diminutas, estabelecendo um elo entre o vasto e o ínfimo.

Fascinados por tal percepção, Orion e Aurora optaram por mergulhar mais fundo em suas introspecções, buscando desvendar a interação entre seus sentimentos e as minúsculas entidades. Com foco e abertura, permitiam que suas emoções circulassem, fortalecendo o vínculo com as forças misteriosas em seu interior.

À medida que a meditação se aprofundava, Orion e Aurora tinham a sensação de serem levados a um domínio distinto, onde as fronteiras entre o macro e o micro se fundiam. Nesse lugar, presenciavam uma luta grandiosa entre entidades microscópicas, simbolizando as diversas civilizações de Kardashev e o equilíbrio sutil que sustentava a harmonia universal.

Essa revelação fez com que compreendessem que sua trajetória emocional estava intrinsecamente atrelada à compreensão das civilizações de Kardashev e ao futuro do cosmos. Ao despertarem da meditação, Orion e Aurora abriram os olhos gradualmente, permitindo que a profundidade do momento se desvanecesse. Sentados lado a lado, voltaram-se um para o outro, encarando-se com intensidade. A sintonia que criaram durante a meditação intensificou a união entre eles.

Aurora rompeu o silêncio. "Orion, nunca tinha reparado no quão vívido é o verde dos seus olhos. Parece que carregam consigo toda a vitalidade e energia das florestas."

Orion, com um sorriso, retrucou: "Agradeço, Aurora. E eu sempre me encantei com o modo como seus cabelos ruivos cintilam ao sol, como chamas ardentes. Parece que você tem em si a fervorosidade e paixão do sol."

Aurora corou ligeiramente, ponderando: "É curioso como nossas feições podem espelhar nossos ânimos e essências, não acha? Sempre fui tão ardente e intensa, enquanto você mantém essa serenidade e equilíbrio. Somos como chama e água, mas de um modo peculiar, nos complementamos."

Orion assentiu, "Sim. E mesmo com nossas particularidades, como meu instinto por vezes exagerado de precaução ou sua espontaneidade, essas nuances parecem fortalecer nossa cumplicidade."

Aurora sorriu, lembrando: "Recordo-me de nossa adolescência, daquela espinha notável em minha testa. Fiquei tão constrangida, e você insistia que era meu 'terceiro olho', um sinal de sabedoria."

Orion riu em concordância. "Ah, sim. E você não deixava passar a cicatriz na minha perna, consequência de uma travessura da infância. Dizia ser um alerta para que eu fosse mais audaz."

O diálogo entre Orion e Aurora transcorria naturalmente. Falavam sobre aparências, belezas e pequenas imperfeições. Com cada palavra, sentiam-se mais próximos, e a ligação emocional se intensificava.

Em uma pausa, Orion fixou o olhar em Aurora e expressou: "Aurora, você é, sem dúvida, uma das pessoas mais belas e resilientes que já cruzei.

Não só pela estética, mas pela fortaleza do seu espírito e sua determinação."

Aurora, com um sorriso, retrucou: "Agradeço, Orion. E você é um dos seres mais sábios e amáveis que tive o privilégio de conhecer. Sua empatia e paciência inspiram-me constantemente."

Trocam olhares intensos, e uma energia quase tangível se estabelece entre eles. A intimidade construída ao longo da meditação e a sinceridade com que partilhavam sentimentos forjavam um laço mais intenso do que qualquer outro anterior.

Conforme prosseguiam no diálogo, a atmosfera carregava-se de sentimentos. Ambos reconheciam que a amizade evoluía para algo mais profundo. A paixão que sentiram na juventude parecia reacender, levando-os a questionar se estariam prontos para esse novo horizonte sentimental.

Aurora, ponderada, indagou: "Orion, já refletiu que talvez tenhamos sido unidos por uma razão maior? Todos os momentos e descobertas juntos... Talvez seja predestinado."

Orion pausou antes de admitir: "Já ponderei, Aurora. Honestamente, é difícil visualizar minha existência sem você. Contudo, o receio de comprometer nossa amizade persiste. A ideia de um amor entre nós poderia transformar nossa relação."

Aurora acenou com compreensão. "Compartilho desse temor, Orion. Contudo, a vida exige certos riscos para ser vivida plenamente. O amor, no fim das contas, pode ser um desses riscos dignos."

Orion, mirando Aurora, assentiu com um sorriso. "Talvez tenha razão, Aurora. Quiçá seja o momento de confiarmos no destino e seguirmos adiante."

Concluindo, ambos concordaram que, a despeito dos receios, desejavam redescobrir o amor que brotava entre eles.

Eles estavam cientes de que o futuro trilhado seria imprevisível e repleto de obstáculos, mas tinham a certeza de que o amor que nutriam era uma joia rara e valiosa, digna de ser cuidada e preservada.

Em paralelo, em um local distante, Ravi vivenciava seus derradeiros momentos. Sentia que sua existência se esvaía rapidamente, e em breve se reuniria com seus camaradas, Iosif e Nikolai, no vasto desconhecido. Uma tosse o acometeu e, entre uma crise e outra, ele percebeu a presença de Lobsang, que misteriosamente conseguira conectar-se a ele através das dimensões e eras.

Lobsang, ao ver que Ravi estava em seus instantes finais, se aproximou, acolhendo sua mão. "Ravi, caro amigo", afirmou, "não temas. Estou contigo, e juntos enfrentaremos o que está prestes a acontecer."

Ravi fitou Lobsang, seus olhos transbordando gratidão e respeito. "Agradeço, Lobsang", murmurou. "Eu confiava que acharias um modo de estar a meu lado no momento derradeiro."

Juntos, então, Ravi e Lobsang encararam o desconhecido, ligados em sua incessante busca pelo entendimento do cosmos e das civilizações de Kardashev. Ambos compreendiam que, mesmo após a morte, sua afinidade e paixão pelo saber os conduziriam em sua odisseia estelar.

Quando Ravi exalou seu último alento, uma maré de sentimentos e energia atravessou Lobsang. Ele reconheceu que, com o falecimento de Ravi, o legado de seu camarada agora recaía sobre ele. Lobsang tinha a incumbência de prosseguir com a missão de Ravi, desvendando os enigmas das civilizações de Kardashev e a conexão ínfima que interligava todo o existente.

Retomando sua trajetória, Lobsang se reuniu a Aurora e Orion, que permaneciam em Lúmen, imersos no amor que havia germinado entre ambos. Ele compartilhou com eles o triste desfecho de Ravi e destacou a relevância de perpetuar sua busca.

Aurora e Orion, tocados pelo desenlace de Ravi e motivados por seu legado, asseguraram a Lobsang que empregariam todos os esforços para decifrar os segredos das civilizações de Kardashev e perpetuar a lembrança de Ravi.

Com o ocaso de Ravi, uma nova fase se inaugurou para Aurora, Orion e Lobsang. Unificados pelo amor, pela camaradagem e pela sede de conhecimento, eles iniciaram uma exploração ainda mais íntima do cosmos, visando entender a conexão elementar e a herança das civilizações ancestrais.

Enfrentando desafios e revelações surpreendentes, Aurora, Orion e Lobsang se mantiveram leais ao legado de Ravi, perpetuando sua insaciável curiosidade e tenacidade. Conscientes de que a rota que os esperava seria árdua e complexa, estavam unidos na crença de que, como um trio, poderiam superar qualquer adversidade e decifrar os enigmas mais obscuros do universo.

Impulsionados por determinação e bravura, Aurora, Orion e Lobsang prosseguiram, questionando se os falecimentos enigmáticos de Ravi, Iksif e Nikolai teriam alguma ligação com as civilizações microscópicas avançadas. Reconheciam que a solução para o tumulto das linhas temporais entrelaçadas poderia estar nas sutilezas dessas relações e no mistério que cercava o Dr. Vega.

Comprometidos com a descoberta da verdade, nosso trio heroico enfrentou adversidades e riscos, mas permaneceu firme no propósito de elucidar os mistérios cósmicos e preservar o legado de Ravi.

Capítulo 7:
Aliados Invisíveis

89

No início da narrativa, o Dr. Cassius Vega desapareceu de forma enigmática e, ao retomar sua consciência, encontrou-se em um ambiente imerso em trevas. Aquela escuridão parecia ter substância, era tão densa que quase podia ser tocada. Um frio intenso percorreu sua espinha, e ele intuiu que estava em um lugar que transcendia o concebível.

Movendo-se com cautela, Vega notou que a penumbra começava a ceder, revelando uma paisagem tão estranha quanto perturbadora. Estruturas que lembravam arranha-céus fantasmagóricos flutuavam e ondulavam diante de seus olhos. Sussurros indistintos ecoavam ao redor, fazendo-o sentir-se cercado por uma multidão oculta.

Com o propósito de entender seu entorno, Vega observou atentamente as estruturas e teve uma revelação surpreendente: eram manifestações tridimensionais de equações e fórmulas científicas. Intrigado, ele se dedicou a estudá-las, buscando desvendar seus segredos.

À medida que se concentrava nas complexas formas geométricas, as vozes tornaram-se mais audíveis. Eram entidades que debatiam tópicos de física, matemática e filosofia. Absorto, Vega engajou-se nas discussões, interagindo e compartilhando pensamentos com esses seres incorpóreos.

Estas entidades, por sua vez, manifestaram curiosidade acerca de Vega. Revelaram ser formas de vida avançadas, existindo além do alcance visual humano e habitando um plano de realidade distinto. Embora cético inicialmente, a insaciável curiosidade científica de Vega o conduziu a uma jornada de aprendizado com eles.

Ao longo de semanas, sob a tutela desses seres, Vega mergulhou em conhecimentos que ultrapassavam a compreensão humana, explorando temas como a natureza do espaço-tempo, energia escura e a presença de outras dimensões. Essa imersão transformou profundamente sua percepção sobre o universo.

Contudo, Vega compreendia que sua estadia ali não era perpétua. Estava claro para ele que, cedo ou tarde, precisaria achar um caminho de volta à sua realidade e partilhar as descobertas com os demais cientistas. Seu coração estava igualmente apreensivo pelos acontecimentos no mundo que deixara atrás de si.

Com o intuito de regressar ao seu mundo e desvendar o mistério que o levou àquele lugar, o

Dr. Cassius Vega buscou o auxílio das entidades ocultas. Elas prontamente aceitaram ajudá-lo, mas antes propuseram um enigma: "O fio da verdade desenrola-se em espirais; os indícios primordiais manifestam-se em nosso íntimo. Siga o rastro velado, e as sombras ancestrais iluminarão a rota futura."

Com determinação e curiosidade, Vega se debruçou sobre o enigma. "O fio da verdade desenrola-se em espirais" parecia indicar uma incessante e cíclica jornada em busca da verdade, talvez aludindo à trajetória das civilizações e seu desenvolvimento ao longo dos tempos. "Os indícios primordiais manifestam-se em nosso íntimo" o conduziu à reflexão sobre a biologia, ponderando se chaves essenciais estariam ocultas em sua própria essência.

Com essa perspectiva, Vega solicitou às entidades ocultas que o permitissem explorar-se no plano celular e molecular. Elas acederam e, com sua sabedoria profunda e capacidades singulares, guiaram Vega por uma odisseia em seu corpo. Ali, ele se deparou com um código genético intricado e singular que carregava informações que superavam sua compreensão imediata.

Fascinado, Vega questionou as entidades sobre a essência desse código e seu propósito. Elas elucidaram que tal código era uma forma de "guia" ou "projeto" para a evolução dos povos e que nele estavam inscritos os mistérios do ontem, do hoje e do amanhã humano.

Vega discerniu que a chave do enigma estava em decodificar e entender o DNA que o constituía. Reconhecia a magnitude da missão, mas estava irrevogavelmente comprometido em perseguir a verdade.

Com o auxílio das entidades ocultas, Vega dedicou os meses seguintes a decifrar o enigmático código. Ao avançar em sua compreensão, padrões e ligações emergiram, revelando-lhe insights profundos sobre o universo e a trajetória das civilizações. Descobriu também que o código trazia dados cruciais sobre as ameaças iminentes e estratégias para confrontá-las.

Após um longo período de estudo e introspecção, Vega sentiu-se apto a regressar ao seu mundo e disseminar seu aprendizado. As entidades ocultas, reconhecendo sua evolução e sabedoria, aceitaram auxiliá-lo nesse retorno.

Na iminência de sua partida, Vega expressou sua gratidão às entidades pela sabedoria e ensinamentos compartilhados. Comprometeu-se a empregar tais conhecimentos para guiar a humanidade diante dos desafios futuros, elucidando os enigmas do passado e do presente. Em um ato final, foi conduzido de volta, despertando em uma ala hospitalar em Lúmen.

Durante sua ausência, Aurora, Orion e Lobsang foram notificados da inesperada aparição de Vega no hospital. Inquietos com sua condição e curiosos acerca de sua odisséia, dirigiram-se apressadamente ao seu encontro.

Ao chegarem, depararam-se com Vega ainda inconsciente, mas com uma aura de serenidade. Aurora observou que ele apertava algo em sua mão. Com delicadeza, abriu sua mão, revelando um amuleto cósmico pulsante de uma energia enigmática.

Orion identificou o artefato como chave para a zona abstrata, morada da entidade perspicaz. Cientes da magnitude do achado, decidiram utilizar o amuleto para acessar a referida zona e buscar o conselho da entidade perspicaz.

Lobsang, munido de sua vasta expertise em jornadas espirituais, guiou a preparação para tal empreitada. Ele orientou Aurora e Orion sobre o manejo do amuleto, focando em suas intenções, garantindo assim um ingresso seguro na zona abstrata.

Os três amigos uniram-se em torno do amuleto, sentindo sua energia os envolver e ligá-los ao domínio abstrato. Num instante, encontraram-se nesse reino misterioso, mais uma vez diante da ilustre entidade sábia.

"Recebo-os de volta, valentes viajantes", saudou a entidade com uma voz calma e acolhedora. "Percebo que seus caminhos os reconduziram a mim, em busca de sabedoria e direção."

Aurora, Orion e Lobsang relataram o dilema de Dr. Cassius Vega e o enigma que ele desvendara. Expressaram o desejo de que a entidade sábia lhes esclarecesse o significado velado por detrás daquelas palavras e como isso se entrelaçava com os recentes acontecimentos em suas vidas e com o destino do seu mundo.

A entidade, após escutar com atenção, afirmou com discernimento: "Estão no rumo certo, caros amigos. O enigma e a trajetória de Vega marcam o início de uma saga ainda mais grandiosa. Unidos, devem desvendar os enigmas do cosmos, superar obstáculos que se apresentem e revelar os segredos ancestrais escondidos. Somente assim, conseguirão assegurar um futuro luminoso para todos."

Ao término de suas palavras, a entidade sábia desvaneceu-se, deixando Aurora, Orion e Lobsang repletos de determinação e clareza de propósito. Com o amuleto cósmico em posse e a bênção da entidade, estavam prontos para enfrentar os desafios que o futuro reservava.

Aurora, ponderando as palavras da entidade, aproximou-se de Dr. Vega, ainda adormecido. Segurando um amuleto cósmico em cada mão – um dela e o outro de Lobsang – tocou suavemente o peito de Vega.

Subitamente, Dr. Vega reviveu, retomando a consciência aos poucos. Contudo, havia uma mudança nele – estava mais vigoroso e imponente do que antes. A transformação de Vega alarmou Lobsang, Orion e Aurora, trazendo à memória o incidente do capítulo 3, quando Lobsang quase causou um mal irreparável a Aurora.

No ambiente, a tensão era quase tangível. Os olhares trocados entre os três amigos denunciavam um temor sobre o que viria a seguir. Teria a transformação do Dr. Vega sido um efeito secundário de sua aventura na zona abstrata e do enigma que descobrira? Ou representaria a emergência de algo ainda mais obscuro, latente em seu íntimo?

Por ora, tais questionamentos ficariam sem esclarecimento, visto que o capítulo se encerrava com Aurora, Lobsang e Orion diante do mais surpreendente dos desafios: um aliado que se tornara uma entidade desconhecida e possivelmente ameaçadora. Estavam cientes de que deveriam enfrentar juntos esse novo perigo, como sempre fizeram, buscando uma forma de resgatar o Dr. Vega à sua essência.

Dessa forma, com bravura e resolução, o trio se armava para o próximo episódio de sua fascinante saga, encarando o imprevisto e decifrando os enigmas cósmicos, gradualmente. O porvir os aguardava, e estavam decididos a encará-lo, coesos como sempre.

Capítulo 8:

A Irmandade da Evolução

99

Aurora estava em um ambiente completamente diverso, uma paisagem etérea e cativante. Cores vivas e aromas desconhecidos invadiam seus sentidos, enquanto figuras e elementos insólitos pairavam à sua volta. Ao lado de Orion, ambos exibiam semblantes de pura felicidade. Era como se Aurora recordasse de uma vida vivida bilhões de anos antes, num mundo remoto e perdido, situado em uma galáxia distante do alcance humano. A vastidão da matéria escura tornara aquele recanto invisível para a tecnologia de hoje.

Gradualmente, Aurora emergiu daquele sonho fascinante, percebendo que estava em seu quarto. Viu o Dr. Vega arrumando a mesa para o desjejum e um turbilhão de sentimentos, entre apreensão e saudade, a envolveu. O ritmado barulho da chuva era audível, e, ao olhar pela janela, seus olhos encontraram um porta-retratos contendo uma imagem dela com Orion. Uma onda de melancolia e solidão a dominou, fazendo-a fechar os olhos tentando dispersar a sensação.

Por outro lado, Orion vivenciava um sonho que espelhava o de Aurora. Revivia momentos felizes ao lado dela, como se fossem ecos de existências anteriores. Reflexões sobre o montante de hidrogênio liberado durante o Big Bang e as transformações moleculares ao longo dos tempos ocuparam sua mente. Ao acordar, avistou Lobsang na sala, praticando exercícios.

Orion sentiu que sua potência cósmica intensificava-se; suas mãos irradiavam energia, e uma sensação de que poderia se elevar e flutuar pelo ar dominou-o. Questionou Lobsang sobre sentir seu vigor crescente. Lobsang assentiu, mencionando sentir-se rejuvenescido, mesmo com sua idade avançada, e iniciou um de seus relatos cômicos.

Em meio às gargalhadas, Orion recordou da ausência do ombro e do braço esquerdo de Lobsang, consequências de um confronto com o Dr. Vega no hospital. A angústia e a mágoa de não ter conseguido salvaguardar seu amigo o atormentavam, levando-o a tocar a cicatriz em seu próprio rosto, lembrança daquela mesma batalha.

Aurora, por outro lado, mantinha-se imersa em sonhos do mesmo lugar e daquela vida pregressa com Orion. Ela notou que essas visões oníricas se intensificaram recentemente. Quando despertou, seu olhar se perdeu entre enigmáticos amuletos cósmicos. Sentia que sua energia não tinha a mesma potência de antes, sentindo-se mais vulnerável.

Dr. Vega adentrou o cômodo, oferecendo apoio e uma refeição nutritiva a Aurora. Ele havia diagnosticado anemia nela, mas além disso, percebeu uma tristeza profunda. Notando que Aurora fixava o olhar nos amuletos, propôs-se a pegá-los para ela.

De forma abrupta, ela exclamou: "NÃO! NÃO SE APROXIME DELES!" Aurora recordou-se do incidente envolvendo Vega e os amuletos meses antes e recusou-se a arriscar novamente. Ela se levantou, aproximou-se de Vega e dos amuletos, e ao observar-se no espelho, percebeu sua barriga. Estava grávida de seis meses, carregando um filho de Orion. Respirou fundo e, ao pegar os amuletos e pressioná-los contra seu ventre, sentiu o bebê se mover. Seria uma simples coincidência?

O restante do dia seguiu tranquilo. Vega saiu para comprar algumas coisas, prometendo retornar logo. Aurora, por sua vez, relaxou em sua poltrona, sintonizando em notícias científicas. Curiosamente, tudo parecia ter retomado sua normalidade após o entrelaçar das linhas temporais. Acabou por cochilar e despertou já sob o manto da noite. A campainha ressoou, e ao atender, deparou-se com Orion.

Os olhos de Aurora marejaram ao reconhecê-lo. Orion, com expressão de cuidado, observou a barriga evidente de Aurora. "Senti que algo ocorria contigo", murmurou. "Precisava te ver, saber como estás."

Nos olhos de Orion, Aurora enxergou amor, apreensão e resolução. "Estou bem", ela afirmou, tentando esboçar um sorriso. "Contudo, tenho tido sonhos... tão vívidos. E nosso filho, ele também parece reagir a eles."

Orion assentiu em compreensão. "Também os tive", admitiu. "Parecem remeter a uma era passada, uma existência distante. Suspeito que esses sonhos guardem um propósito, talvez ligados aos amuletos cósmicos."

Ambos se acomodaram, imersos em uma conversa sobre os sonhos e suas eventuais ramificações em suas vidas. A cumplicidade entre eles parecia intensificar-se, e uma chama de esperança ardia no coração de Aurora.

Em paralelo, Dr. Vega, retornando das compras, meditava sobre Aurora e o bebê. Ciente dos enigmas que rondavam a situação, estava resoluto em proteger Aurora e seu filho. Porém, algo em seu íntimo questionava: haveria algo mais profundo, talvez insondável, que os ligasse - ele, Aurora, Orion e os amuletos cósmicos?

À medida que o crepúsculo envolvia o horizonte, a Irmandade da Evolução congregava-se, unida por laços inquebráveis e uma missão compartilhada. Estavam prestes a adentrar em uma odisseia de revelações escondidas e enfrentar desafios inéditos. Profundamente, sentiam que, unidos, eram capazes de superar quaisquer adversidades que o destino apresentasse.

Durante a conversa, o rancor que Orion nutria por Dr. Vega tornava-se evidente. Os confrontos do capítulo anterior, onde Vega ferira gravemente seu amigo, ainda ecoavam em sua mente. Embora a indignação fervilhasse em seu íntimo, Orion reconhecia que o contexto havia mudado. Com Aurora esperando um filho e seu poder ampliado, as circunstâncias eram outras.

Com determinação e voz resoluta, Orion encarou Dr. Vega: "Não esqueci suas ações, Vega. Reconheço que naquele instante algo te dominou. Contudo, isso não diminui o sofrimento que infligiu."

Visivelmente abalado e com um semblante pesaroso, Dr. Vega respondeu, "Compreendo, Orion. Essa culpa me acompanha diariamente. Só posso rogar por seu perdão e assegurar que me dedicarei ao máximo para proteger a todos e redimir os erros cometidos."

Ao perceber o olhar preocupado de Aurora, Orion compreendeu que, por ela e pelo filho que aguardavam, era imprescindível reconciliar-se com Dr. Vega. "Aceito suas desculpas, Vega", respondeu, "Mas esteja ciente de que estarei vigilante. Não podemos reviver falhas passadas."

Mesmo em meio à atmosfera carregada, com o compromisso de uma cooperação fortalecida, a Irmandade da Evolução delineou estratégias para decifrar os enigmas que os envolviam. Era crucial compreender a essência dos sonhos e a potência dos amuletos cósmicos, e, acima de tudo, assegurar a proteção de Aurora e seu descendente.

Conforme os dias transcorriam, a relação entre Orion e Dr. Vega fortalecia-se gradualmente. Uniam-se em estudos e reflexões, buscando elucidar os questionamentos que os inquietavam. Paralelamente, Aurora zelava por sua condição e pela gestação, ciente de que o destino de todos estava intrinsecamente ligado ao seu herdeiro.

A Irmandade da Evolução, agora mais unida e robusta, se armava para os desafios iminentes. Determinados, estavam prontos para superar obstáculos e buscar a verdade, mesmo que isso exigisse enfrentar erros antigos e batalhar contra seus próprios medos. Em unidade, avançariam rumo ao desconhecido, embora com esperança e firmeza em seus corações.

Rapidamente, a Irmandade da Evolução reconheceu a ausência vital de Lobsang. Sua presença, repleta de sabedoria e conhecimento, era crucial para os desafios futuros. Por isso, decidiram reintegrá-lo, culminando em um reencontro carregado de emoções e tensões com o Dr. Vega.

No instante em que Lobsang e Dr. Vega se encararam, um silêncio denso se instaurou. Antes que uma tentativa de reconciliação pudesse acontecer, memórias da confrontação no hospital emergiram, reacendendo as mágoas daquele episódio amargo. Foi nessa ocasião que Dr. Vega, influenciado por uma energia desenfreada, causou graves ferimentos no ombro e braço esquerdo de Lobsang. Orion e Aurora conseguiram conter a energia desenfreada de Vega, usando suas habilidades cósmicas para neutralizá-lo.

Orion ostentava uma cicatriz em seu rosto, um legado deixado por Vega naquele dia – um lembrete contínuo do perigo de impulsos desmedidos. Essa marca seria sua companheira para sempre, sendo a principal razão pela qual os quatro mantiveram distância até então. A desconfiança mútua dificultava a reunião deles como um grupo sólido.

Contudo, a urgência em combinar suas forças diante dos próximos desafios fez com que reconsiderassem. Com genuína bravura e honestidade, Lobsang e Dr. Vega optaram por superar suas desavenças e colaborar para um objetivo maior. A mágoa do passado, ainda latente, serviria como um lembrete de que precisavam manter a prudência e aprender com as falhas.

Reunidos novamente, Aurora, Orion, Lobsang e Dr. Vega consolidavam a Irmandade da Evolução, uma aliança reforçada pelo perdão e entendimento recíproco. Juntos, estavam prontos para os desafios futuros, dispostos a defender uns aos outros e zelar pelo destino de seu mundo e seu povo.

Orion e Aurora, finalmente harmonizados, repousavam em sua cama de casal, cada um acompanhado por um amuleto cósmico. Estes objetos pareciam conectar os dois de maneira singular, possibilitando que experimentassem sonhos em uníssono. Noite após noite, ambos eram conduzidos a um enigmático e longínquo local, onde vivenciavam episódios de vidas pregressas e desvendavam enigmas ocultos.

Naquela ocasião, o sonho os reconduziu ao mesmo cenário, mas com um detalhe distinto: aparentavam uma idade mais avançada, ostentando cabelos prateados e sutis linhas de expressão ao redor dos olhos. Unidos, atravessaram aquele ambiente tão conhecido, sentindo-se profundamente vinculados àquela realidade ancestral e quase esquecida. Ao se depararem com uma morada de design peculiar e paleta vibrante, uma energia reconhecível irradiou-se de seu interior.

Ao cruzarem o limiar, encontraram um homem em sua plenitude. Sua presença era imponente e majestosa, com características que remetiam a ambos, Orion e Aurora. Os dois trocaram um olhar cúmplice, discernindo que aquele homem representava seu descendente. No entanto, algo nele lhes causava desconforto. Sua aura, embora fascinante, carregava uma tonalidade perturbadora, indicando alguém que se posicionava à margem das convenções e tradições vigentes.

Despertaram de forma súbita, o fôlego irregular enquanto a memória do sonho esvaía-se. A figura de seu filho maduro, talvez um rebelde, provocou um turbilhão de sentimentos e incertezas sobre o porvir. Aquele sonho conjunto levou-os a ponderar sobre os caminhos imprevistos que o destino poderia traçar e o impacto de suas escolhas na trajetória de seu progenitor.

Naquele instante, a saga da Irmandade da Evolução apenas se iniciava. Diante do enigma onírico recorrente e a imprevisibilidade dos dias vindouros, posicionavam-se prontos para os obstáculos que o próximo episódio de suas existências lhes reservava.

Capítulo 9:

Uma Nova Perspectiva

111

A Irmandade da Evolução, composta agora por Aurora, Orion, Lobsang e Dr. Vega, optou por desvendar os enigmas que permeavam seus sonhos, buscando entender a figura misteriosa de um futuro descendente. Essa investigação os conduziria a rotas não antecipadas, fazendo-os encarar revelações sombrias sobre si e o cosmos no qual residiam.

Ao se organizarem para esta aventura, cada integrante da Irmandade percebeu uma ligação peculiar com os amuletos cósmicos. Estes pareciam ser o elo que unia os mistérios de seus passados, presentes e futuros. Estavam cientes de que, para desvendar a verdade do filho enigmático e seus sonhos constantes, precisariam ultrapassar os confins de suas habilidades e questionar as fronteiras de suas consciências.

Aurora, ilustre cientista e futura mãe, confrontava-se com a dicotomia de seus sentimentos. Seu amor por Orion e a expectativa materna a preenchiam de contentamento, contudo, um temor latente sobre o porvir de seu filho a inquietava. Ele se tornaria um rebelde, contrariando os dogmas e tradições cósmicas? Ou estaria fadado a um destino ainda mais tenebroso?

Orion, o combatente estelar e progenitor, igualmente se debatia com dilemas internos. A potência crescente em seu interior o deixava admirado, porém apreensivo. Tinha receio de que tal força se tornasse indomável, ameaçando quem ele estimava. Ademais, a marca em seu rosto era um testemunho perene das contendas anteriores e das que ainda viriam.

Lobsang, o venerável conselheiro e guia, estava imerso em um impasse ético. Entendia sua missão de nortear a Irmandade em sua missão, mas ressoavam em sua mente as implicações de desvelar os arcanos do universo. Estariam eles aptos a enfrentar os obstáculos iminentes? Ou conviria manter as incógnitas ancestrais ocultas?

Dr. Vega, o cientista enigmático e ex-oponente, buscava agora reparar erros de outrora. Reconhecia os danos infligidos aos aliados, mas mantinha a convicção de que sua incessante procura pela verdade era crucial para o equilíbrio geral. Afinal, sua descoberta dos amuletos cósmicos deu origem à constituição da Irmandade e à chance de sondar os segredos estelares.

Unidos, a Irmandade da Evolução iniciou sua odisseia, superando obstáculos incontáveis e desvendando revelações impressionantes sobre sua própria essência e o cosmos em que viviam.

Aventureiros, penetraram em territórios inusitados e confrontaram oponentes poderosos, tendo como bússola a sabedoria de Lobsang e o vigor de sua união.

Ao término, um novo entendimento emergiu...

A curiosidade de Aurora em relação aos amuletos e seus antecedentes enigmáticos só crescia. Os questionamentos que a inquietavam pareciam esmaecer quando sua atenção se voltava para esses objetos. Ela refletia se neles residiam soluções para os dilemas que enfrentavam e a essência para entender o cosmos que a circundava.

O amuleto nas mãos do Dr. Vega tinha uma tonalidade verde e era ornado com inscrições que evocavam uma linguagem arcaica ou talvez extraterrestre. Já o de Lobsang assemelhava-se a uma relíquia neandertal, repleta de marcas e símbolos de aparência ancestral. A disparidade entre eles intensificava o enigma que os cercava.

Decididos, Aurora e Orion buscavam elucidar os mistérios dos amuletos e compreender a origem das posses de Dr. Vega e Lobsang. Ambos intuíam que a solução para os mistérios cósmicos poderia estar entrelaçada às histórias destes objetos místicos.

Em diálogo com Dr. Vega, descobriram que seu amuleto fora descoberto em uma jornada a um sítio arqueológico, vestígio de uma civilização esquecida. Vega estava convencido de que o objeto tinha um potencial imensurável, capaz de desvendar enigmas cósmicos ou, quem sabe, influenciar o rumo do destino.

Lobsang, contudo, partilhou que sua relíquia era herança familiar, passada por gerações como um emblema de defesa e conhecimento. Ele pressentia que o objeto carregava uma força milenar e estava irremediavelmente atrelado ao futuro da humanidade.

Armados com esses relatos, Aurora e Orion aprofundaram-se na análise dos amuletos, almejando que a clareza sobre sua procedência e missão os guiasse nos obstáculos iminentes. O que eles ainda desconheciam era que essa procura os conduziria a epifanias ainda mais estonteantes e descortinaria verdades transformadoras.

Orion sentia-se apreensivo com a possibilidade de Aurora retornar ao mundo abstrato em busca da entidade sábia. Com seus sete meses e meio de gravidez avançados, sua fragilidade era evidente, e Orion questionava se seu poder cósmico seria capaz de resguardá-la. Inquieto, ele buscou orientações de outras figuras de confiança.

Aproximou-se de Lobsang, indagando sobre seus últimos momentos com Riva, na esperança de descobrir algum conhecimento escondido que pudesse ser útil. Lobsang revelou suas vivências, porém estava incerto sobre como essas memórias poderiam auxiliá-los na busca pelos amuletos.

Orion também procurou o Dr. Vega para discutir sobre xamanismo, ponderando a possibilidade de se comunicarem com espíritos ancestrais em busca de orientações a respeito dos amuletos. Dr. Vega, curioso com a proposta, compartilhou seus estudos sobre essa prática milenar.

Motivados pela ideia, ambos decidiram investigar o xamanismo como meio de desvendar informações sobre os amuletos. Mergulharam em estudos sobre as tradições, histórias e rituais xamânicos, aspirando descobrir pistas que elucidassem a verdadeira essência dos amuletos e a forma mais segura de proteger Aurora e seu filho.

O tempo, contudo, fluía velozmente, e a crescente preocupação de Orion com a gestação avançada de Aurora se intensificava. As dúvidas acerca do poder dos amuletos tornavam o ambiente mais tenso. Ainda assim, mantinham-se resolutos em sua busca por conhecimento e proteção, preparando-se para os desafios iminentes.

Após semanas de investigação, Orion descobriu algo inesperado sobre as famílias Kardashev, Vesper e Quasar. Desvendou que ambas as linhagens possuíam ancestrais intrinsecamente ligados aos amuletos cósmicos e ao poder intrínseco a eles. Essa descoberta levantou ainda mais interrogações, e a Irmandade da Evolução encontrava-se mais intrigada com os segredos de suas origens.

Orion compartilhou suas descobertas com Aurora, Lobsang e Dr. Vega. Juntos, empenharam-se em buscar mais detalhes sobre suas famílias e o vínculo ancestral com os amuletos cósmicos. Reconheciam que a chave de muitos enigmas residia, talvez, em suas próprias histórias e legados.

Capítulo 10:

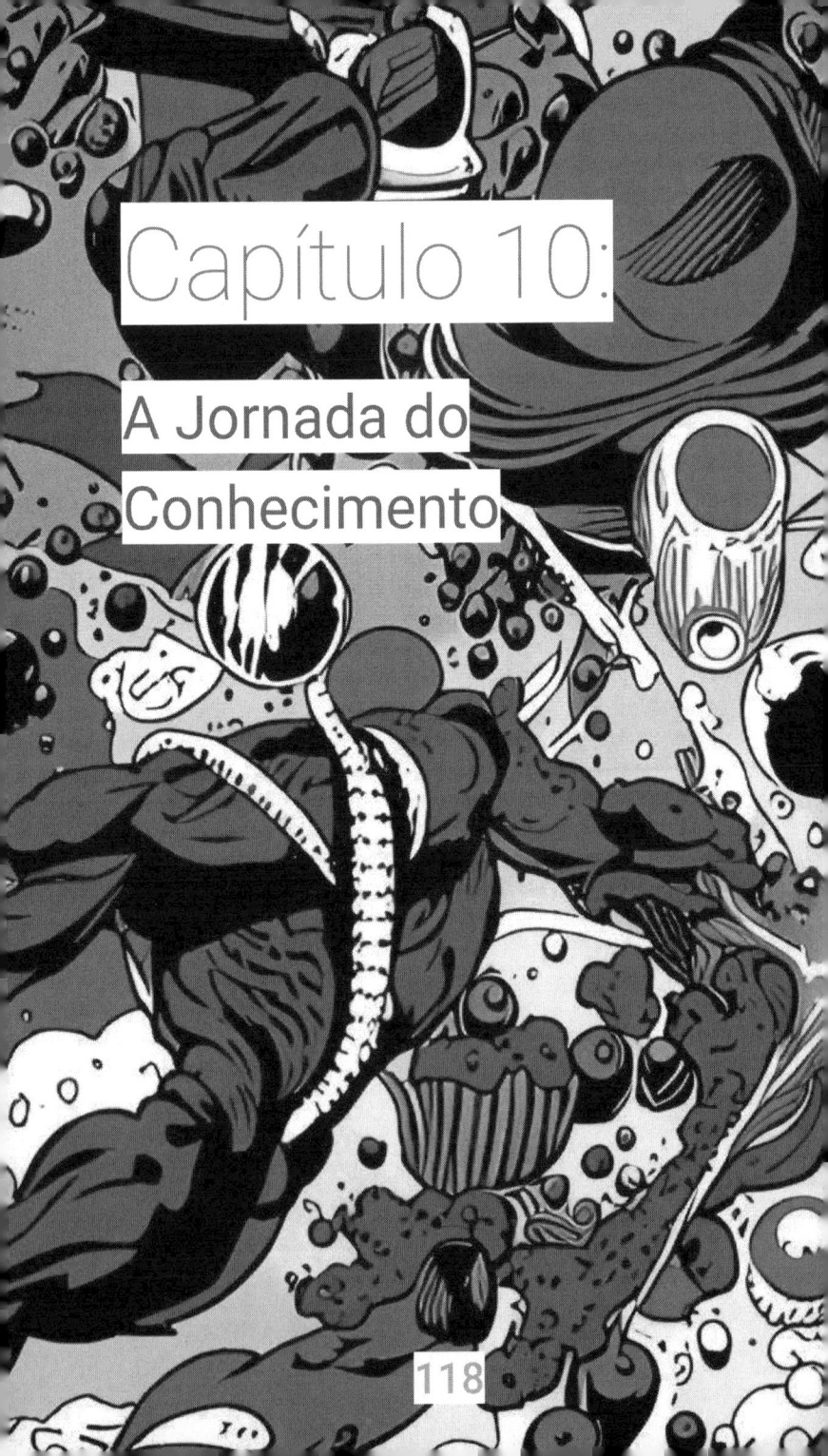

A Jornada do Conhecimento

119

A procura de sabedoria ancestral sobre as linhagens e os amuletos cósmicos conduziu a Irmandade da Evolução a territórios inexplorados e repletos de perigos. Aurora, prestes a dar à luz, estava resoluta em sua busca por respostas, mesmo ciente dos riscos para si e seu filho.

Ao vasculharem os registros ocultos de um templo milenar, uma dor aguda no abdômen de Aurora indicou que o nascimento se aproximava. Orion, inquieto, propôs que voltassem ao refúgio de sua morada. No entanto, Aurora, sentindo que estavam perto de desvendar os mistérios, decidiu prosseguir.

As dores de Aurora se intensificaram com o decorrer do tempo. Lobsang e Dr. Vega, temendo pela integridade de Aurora e da criança, buscavam um caminho de saída. Entretanto, agentes dos Dissidentes, misteriosamente, interceptaram-nos. Eles ansiavam pelo filho de Aurora e Orion, convencidos de que o infante detinha o segredo dos amuletos cósmicos. Encurralada, a tensão entre a Irmandade da Evolução e os Dissidentes escalava.

Desafiando a audácia dos Dissidentes e o perigo que representavam à sua prole, Orion vociferou contra os intrusos, jurando defender sua família. Simultaneamente, Dr. Vega e Lobsang se posicionaram para o embate, antevendo o inevitável confronto.

Submersa em dores, Aurora entrou em trabalho de parto, no epicentro do templo, envolvida por uma atmosfera de ameaça. Lobsang, com sua erudição e práticas xamânicas, guiou o processo de nascimento, enquanto Dr. Vega e Orion contendiam com os Dissidentes, buscando dar a Aurora o tempo necessário.

O combate foi feroz e implacável, mas a Irmandade da Evolução se manteve firme, salvaguardando Aurora e a criança. Enquanto os gritos de batalha ecoavam, o choro de um menino robusto e saudável reverberou pelo templo, preenchendo-o com uma força enigmática.

Sentindo-se impotentes perante a resiliência da Irmandade e a aura do recém-nascido, os Dissidentes bateram em retirada, murmurando ameaças e promessas de retorno. Com a tempestade apaziguada, a Irmandade da Evolução se congregou ao redor de Aurora e do bebê, extasiados com o prodígio da vida.

A entidade perspicaz, ao identificar a potência oculta no recém-nascido, confidenciou que as eras já haviam testemunhado tal energia enigmática. A fusão celular e molecular entre

Orion e Aurora, herdeiros de civilizações Tipo 5, estava profundamente presente no menino, e isso poderia ser o catalisador da evolução humana.

Quando Lobsang sustentava o garoto com seu braço direito, um episódio inesperado se desenrolou. Sem seu braço esquerdo para proteção, Lobsang não conseguiu manter a segurança do bebê, que foi tragado por uma fissura espaço-temporal. Um manto de desespero e ira envolveu todos ali.

Para agravar o cenário, os dois amuletos cósmicos sumiram sem vestígios. A Irmandade da Evolução se encontrava desolada, incerta de como resgatar o menino e confrontar os inimagináveis desafios que os esperavam. A dúvida e o temor se ampliavam à medida que buscavam entender o ocorrido.

Aurora, aniquilada pela perda, era assolada por um turbilhão de tristeza e desamparo. Orion, por outro lado, ardia em cólera, com um ímpeto de retaliação avolumando-se em seu coração, resoluto em achar um modo de reaver seu filho, mesmo que isso implicasse encarar entidades além de sua percepção. Os olhares de Aurora e Orion se cruzaram, e selaram o compromisso de buscar o filho e elucidar o enigma dos amuletos cósmicos perdidos.

Lobsang, que já decepcionara Aurora anteriormente, viu nesse episódio o auge de sua falha. Sem ter coragem de se despedir, deixou o templo carregando uma profunda tristeza, vagando sem direção, ponderando sobre o que poderia ter sido se não tivesse falhado. De longe, Vega testemunhava a coesão da fraternidade se esvanecer, com o lamento desolado de Aurora ecoando, clamando pelo filho ausente.

Capítulo 11:

A Linguagem Universal

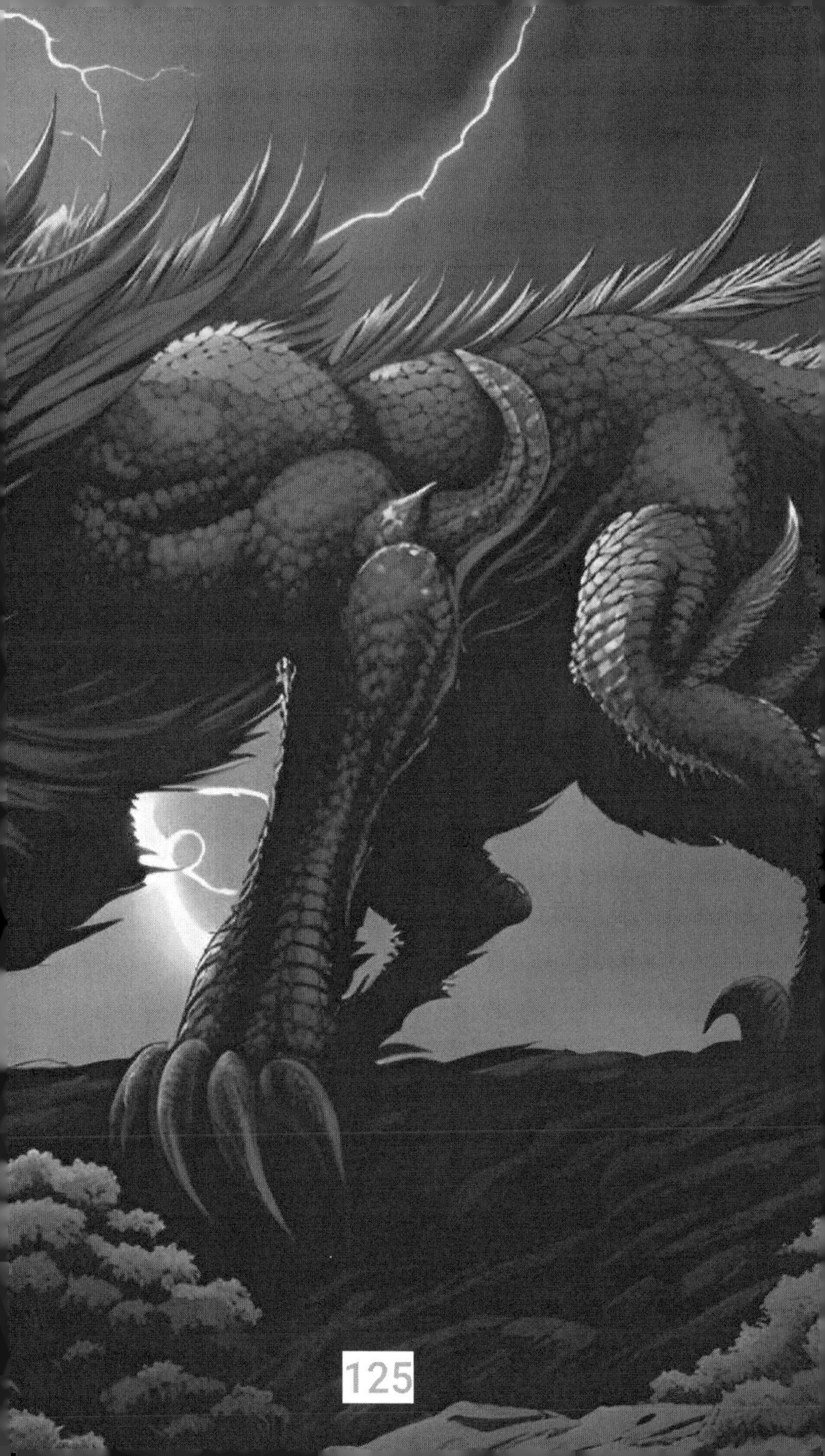

O grito agudo e angustiado do recém-nascido ecoava pelo vazio, sendo tragado com força por uma entidade imensa. A completa escuridão o cercava, com seus pés sendo atraídos com mais ímpeto que o restante de seu ser. Delicado e desprotegido, o infante era tomado por uma dor ininteligível, incapaz de discernir a situação à sua volta. Ele era puxado em direção a um planeta enigmático, cuja gravidade parecia similar à de um buraco negro.

Conforme o planeta surgia mais próximo, o pequeno sentia sua essência e físico serem abruptamente penetrados pela atmosfera densa desse orbe, comparável em magnitude a Urano. Para alguém de origem terrestre, o ar ali situava-se entre a densidade do oceano e o ambiente que respiramos. A resistência atmosférica fazia sua pele arder, até que finalmente colidiu com uma cabana singela situada numa ilha oceânica.

Intocado pelo impacto, seus olhos se abriram e, embora estivesse em outro corpo, sentia-se o mesmo. Enquanto adaptava sua visão, era envolvido pela reconfortante fragrância materna de Aurora. Logo a percebeu, alimentando-o com seu seio. Mesmo em um entorno transformado, tingido por tons de um amarelo profundo e com um ar mais denso, sentia-se em casa.

O som da voz de Aurora alcançou seus ouvidos, dialogando em um idioma estranho. Procurando a origem da conversa, identificou somente três presenças: ele mesmo, Aurora e Orion. A figura de Orion lembrava um ser humanoide menos sofisticado que o homo sapiens, mas sua alma era familiar ao bebê.

A cabana, apesar de seu aspecto extraterrestre, tinha uma construção primitiva. O infante questionava-se sobre que época habitavam. Na realidade, ele revisitava uma existência anterior, vivenciando a realidade de um dos primeiros planetas cósmicos a sustentar vida consciente. Estavam a eras inimagináveis no passado, em um planeta formado nos primórdios da história universal, contestando a concepção do Big Bang.

Erinyes foi o nome escolhido para o bebê pelos seus genitores pescadores. Neste lugar, a pesca diferia totalmente da terrena. Os seres marinhos eram colossais, assustadores, feitos de uma matéria brilhante e viscosa. Os pais de Erinyes nutriam-se dos líquidos destes organismos, que flutuavam pelos mares, com seus longos tentáculos e esporos majestosos movendo-se entre as águas e os ares.

O tempo deslizou veloz para Erinyes, cada momento passando como cenas de um filme. Em um crepúsculo inesquecível, intrusos, montados em vastos veículos, desembarcaram para pilhar sua ilha natal. Seus rostos lembravam Aurora e Orion, mas sua força era incontestavelmente maior. Saquearam tudo: mantimentos, relíquias, utensílios e recursos minerais. O rastro foi de devastação. Os genitores de Erinyes encontraram um fim trágico, e ele, capturado, tornou-se prisioneiro dos invasores.

No cativeiro, sob o domínio do povo dos mares, Erinyes conheceu um universo marcado pela brutalidade. Os conquistadores se nutriam de seres vastamente maiores do que os que seus pais outrora coletavam fluidos para subsistir. Não se limitavam aos fluídos; matavam por divertimento e superstição, consumindo a carne gelatinosa, acreditando que assim incorporavam a essência vital de suas presas.

Para Erinyes, cada amanhecer era uma batalha pela existência. Ainda jovem, era compelido a lutar contra outros cativos em arenas impiedosas, empregando armamentos rústicos e pesados. Sua força era notável, talvez motivada por um desejo fervoroso de perseverar, permitindo-o superar até mesmo oponentes maduros.

Com o passar dos anos, Erinyes se sobressaiu tanto na caça de criaturas marinhas quanto nos ataques predatórios. Adaptou-se à ferocidade da cultura marítima, manejando armas que necessitariam de dois ou três adultos para serem carregadas.

A trajetória de Erinyes foi meteórica. Em meio a sua tribo, destacou-se como o mais formidável. Nesta realidade paralela, dominavam o topo da cadeia alimentar, e ele era tido como a mente mais lúcida daquele mundo. Com astúcia e curiosidade, refinou táticas de domínio e fortaleceu a influência de seu povo, alçando sua cultura a patamares inéditos.

Ao atingir a maturidade, Erinyes ascendeu ao trono deste império, instaurando uma paz singular para seu povo de natureza áspera. Seus rivais tombavam sob o peso de sua majestosa lâmina, que ele empunhava com destreza inigualável. Se comparado a nós, humanos, Erinyes contaria com 150 anos, mas em sua espécie, encontrava-se no ápice de sua vida. Embora sua longevidade fosse ampliada por fatores genéticos, inúmeras gerações prosperaram durante seu comando, acompanhadas de avanços tecnológicos e cognitivos.

Dotado de uma curiosidade infinda, Erinyes sempre almejou desvendar os segredos do universo. Em uma de suas expedições, reencontrou a ilha que guardava as lembranças de sua infância.

Ele mal recordava do lugar, porém uma sensação de estranheza o consumia. As lembranças de Aurora e Orion tinham desaparecido, mas ainda algo soava deslocado. Foi quando observou um rastro luminoso rasgar o céu e entendeu que algo significativo tinha caído do outro lado da ilha.

Ele e seu grupo seguiram naquela direção e se depararam com uma nave imensa, do porte de um edifício, consumida pelas chamas. Entidades ardentes emergiam de fendas e aberturas da embarcação, com corpos esparramados pela areia e uma esteira de fumo ascendendo. Do alto de um modesto monte, Erinyes assistiu ao cenário. Observando a conexão entre a praia e o firmamento, percebeu o quanto negligenciava o olhar para as estrelas. O céu deste planeta raramente escurecia, possivelmente devido à presença próxima de outras estrelas e galáxias naquela conjuntura espacial. Múltiplas estrelas em órbita e minúsculas luminosidades lutavam pelo protagonismo celestial.

Nesse instante, Erinyes captou que havia muito mais por desvendar e instruiu seus homens a exterminar qualquer forma de vida perto da nave. Decretou que ninguém deveria sobreviver.

O enredo se imerge em um clima de aventura, delineando o cenário singular da ilhota. O firmamento, tingido de um amarelo-ocre vibrante, e um vento pegajoso saturavam o ar respirado pelos personagens. As ondulações densas do oceano assemelhavam-se a um tanque de lodo ou magma líquido, enquanto o clima ameno registrava 75º Celsius naquela alvorada. A atenção se voltava aos aliados do Imperador Erinyes, que, de longe, presenciava o saqueamento da vasta nave.

Erinyes se deu conta, pela primeira vez, da destreza e empenho de seus comandados, que atuavam com entusiasmo e vigor. Mintaka, uma guerreira, sobressaía-se, exibindo determinação e maestria em sua brutalidade. Radiante e audaz, ela pouco se preocupava com os demais saqueadores ao decapitar um intruso com seu martelo monumental, equivalente em peso à imponente espada do imperador.

Ela estava intensamente focada em Erinyes, tendo se unido à tribo no despertar de sua adolescência por vontade própria - um gesto raro e atípico numa cultura marcada pela conquista e escravização de jovens. Sua profunda admiração por Erinyes e sua habilidade de guiar o povo dos mares fizeram-na se encantar com as lendas que delineavam sua civilização.

Nesse contexto social, mostrar bravura era um meio de atrair um parceiro, seja através da pilhagem solitária de uma cidade ou enfrentando um colossal ser marinho desarmado. Casais assim unidos tinham a opção de se distanciar do clã, estabelecendo-se em ilhas desabitadas para fundar seus lares e linhagens. Contudo, a possibilidade de ter seus filhos levados pelo clã - em um ato que culminasse com sua morte - era vista como uma honra. A ideia de que seus descendentes emergiriam mais resilientes e decididos oferecia uma sensação de satisfação e prestígio.

Erinyes, observando Mintaka desmantelar uma das paredes externas da nave em busca de eventuais sobreviventes, ponderava sobre a ideia de constituir uma família. Mintaka seria sua companheira ideal? Raros eram os de sua espécie que atingiam uma idade avançada, devido à cultura arraigada em saques e conquistas. Adicionalmente, chamava a atenção o notável fato de mortes por enfermidades serem escassas e a ausência de rituais fúnebres.

Mintaka conduzia um contingente de guerreiros rumo a Erinyes, trazendo consigo diversos manjares exóticos. Era tradição entre o povo dos mares consumir os derrotados, acreditando que assim absorviam sua força e sabedoria – uma peculiar capacidade desse povo.

Erinyes refletia sobre um futuro compartilhado com Mintaka, vislumbrando as aventuras e obstáculos que juntos superariam. Estava ciente de que sua liderança impulsionava sua civilização a patamares inéditos, e um laço com Mintaka poderia consolidar ainda mais essa ascensão.

As semanas avançavam, e o conjunto de exploradores, sob comando de Erinyes e Mintaka, prosseguia em sua incansável busca por invasores e seus veículos espaciais destroçados pela superfície planetária. A cada dia, mostravam-se mais ágeis, cobrindo vastos territórios e, ocasionalmente, neutralizando mais de uma área em um único dia. Mintaka, com seu vigor e determinação, fascinava cada vez mais Erinyes.

Para os nativos desse orbe, o que aos humanos pareceria um crepúsculo, marcava apenas o início de um poente majestoso. Os dias estendiam-se por 52 horas, com noites de aproximadamente 18 horas, e a gravidade era o dobro da terrestre, tornando este planeta genuinamente distinto.

A turba se aproximou de uma ilhota onde uma tênue coluna de fumaça negra sinalizava a presença de uma espaçonave. Ao desembarcar, Mintaka liderou o grupo, atingindo rapidamente a nave. Observou que o veículo espacial era de tamanho reduzido e design peculiar, projetado para um número limitado de tripulantes. Alguns corpos jaziam espalhados pelas imediações, e a equipe sob o comando de Mintaka agiu de imediato, resgatando os feridos. Foi nesse momento que ela viu Erinyes dirigindo-se a uma construção modesta, empunhando sua imensa espada.

Mintaka apressou-se e entrou a tempo de presenciar Erinyes brandindo sua lâmina, executando um golpe abrangente que se estendeu do chão ao teto da edificação. No interior, ouviu vozes suplicando clemência, aludindo a uma revelação crucial. Contudo, antes que concluíssem, Erinyes finalizou sua investida, segmentando os corpos e danificando parte do teto.

Quando Erinyes se deu conta da presença de Mintaka, ela avistou um ser alienígena ferido, porém lúcido, repousando em um leito improvisado, produzindo sons peculiares, como se tentasse comunicar-se. Mintaka assimilou a mensagem implícita que o casal tentara transmitir: o imperador estabelecera um prazo de cinco dias para que ela capturasse um alienígena vivo, visando desvendar seus mistérios. A gravidade da situação era evidente, dada a escassez de sobreviventes e o curto intervalo disponível.

Embora repelisse os métodos brutais de Erinyes, Mintaka estava resoluta em sua missão. Carregando consigo um fardo emocional e conflitos morais, conduziu sua equipe em uma busca desesperada pelos resquícios da civilização alienígena.

Em paralelo, no recôndito de seu templo, Erinyes imergia em meditações acerca da essência do conhecimento e das emoções, reavaliando seu papel enquanto líder e ponderando suas decisões passadas.

Perante o Imperador, o alienígena sobrevivente externou sua angústia: "Somos sobreviventes de um desastre em nossa galáxia e buscamos refúgio e auxílio. A exploração imprudente de recursos em nosso sistema originou um patógeno avassalador que exterminou nosso povo. Sou o único de minha tripulação ainda não afetado e imploro por vossa intervenção, na esperança de encontrar a solução para este flagelo que nos assola."

O extraterrestre prosseguiu: "Possuímos tecnologia de ponta que nos permite captar 100% da energia de nosso sistema solar e estrela. Oferecemos esse saber em troca de sua cooperação. O futuro de nosso povo está em jogo, Imperador."

Atento às palavras do visitante, Erinyes sentiu uma mescla de curiosidade, empatia e aspiração. A possibilidade de dominar tal tecnologia e aproveitar toda a energia estelar fascinou-o. Sentiu compaixão pela adversidade enfrentada pela raça alienígena. No entanto, o Imperador vislumbrou a chance de expandir sua influência e erudição através de uma parceria com esses seres desenvolvidos.

Refletindo acerca do dilema, Erinyes avaliou os prós e contras de se aliar aos extraterrestres. A chance de acessar um conhecimento e poder sem precedentes era tentadora, mas ele reconhecia a necessidade de prudência.

Erinyes contemplou as maneiras de ajudar na erradicação da enfermidade enquanto ponderava sobre estabelecer uma parceria mutuamente benéfica que pudesse estender o alcance de seu império. Ele sabia que ao auxiliar os visitantes a vencer tal adversidade, ganharia sua lealdade e teria a oportunidade de acessar avanços tecnológicos que ampliariam seu reino para além de sua galáxia. A ideia de desbravar o desconhecido e obter um poder e saber sem paralelos o motivava.

Voltando-se ao extraterrestre, o Imperador declarou: "Entendo sua angústia, caro visitante, e quero contribuir para a preservação de seu povo. Além disso, busco aprimorar minha influência e saber. Creio que podemos formular um pacto vantajoso para ambas as partes. No entanto, nossa prioridade deve ser a cura. Juntos, tenho certeza de que realizaremos proezas inimagináveis e desbravaremos novos horizontes cósmicos. Estou pronto para esta parceria e anseio pelo que construiremos conjuntamente."

Os súditos do Imperador mostraram-se surpresos com sua destreza em compreender a linguagem do visitante e com a fluidez de sua comunicação. Entre eles, olhares perplexos se cruzaram, repletos de dúvida e admiração. Porém, Erinyes estava seguro de seus propósitos e decisões.

O Imperador percebeu a chance de ampliar seu domínio e sabedoria, e estava resoluto em fazer o que fosse necessário para atingir essa meta. Contudo, foi surpreendido quando o estrangeiro comunicou que a mais alta autoridade de seu povo já havia decretado a extinção de todos os infectados. As naves recentemente derrubadas em seu planeta eram a consequência direta desse ato de purgação. O propósito do visitante era assegurar a execução completa dessa ordem, sem deixar sobreviventes, e proteger-se do vírus. O apoio do Imperador seria valioso.

Erinyes ficou atônito com a declaração do forasteiro. Ele não antecipava essa narrativa sobre a extinção dos infectados nem a missão deste ser de outro mundo. A medida radical o perturbou, mas ele reconheceu que sua abordagem deveria mudar.

Rapidamente, o Imperador recalibrou seus planos e propôs assistência de uma maneira alternativa. Ele entendeu que o foco era assegurar a aniquilação total do vírus e a proteção da civilização alienígena.

"Reconheço que decidir pela extinção dos infectados foi um ato extremo, mas imprescindível para a continuidade de sua raça", afirmou Erinyes. "Com a ameaça viral agora anulada, ofereço minha colaboração para reerguer sua sociedade e delinearmos uma nova trajetória para o porvir. Uniremos esforços para prevenir novos episódios como este. Estou convicto de que juntos podemos forjar um futuro mais próspero para o seu povo e para todos os seres do cosmos."

Capítulo 12:

O Despertar dos Guardiões

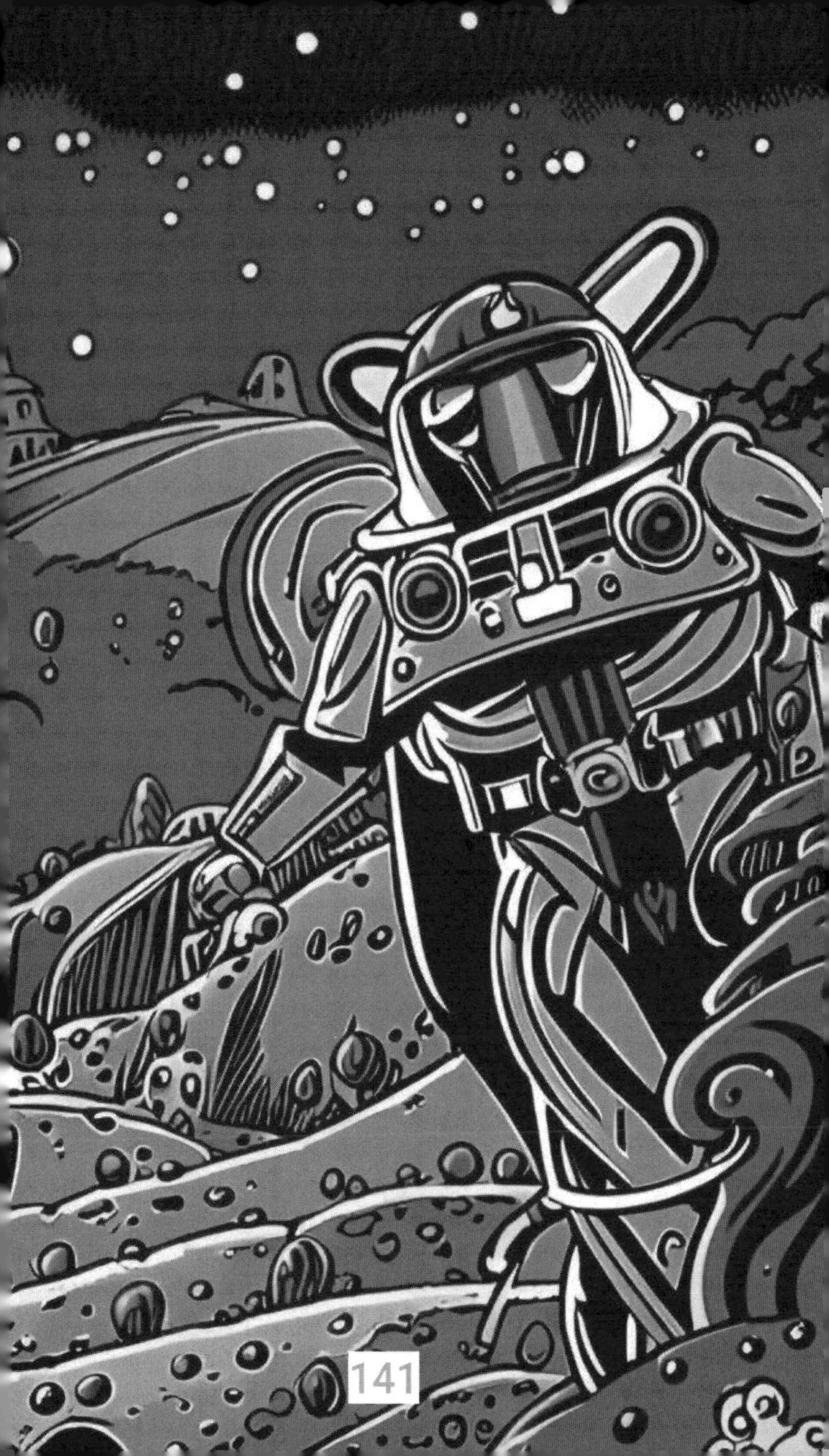

Mintaka e sua equipe dedicaram-se à exploração de várias áreas do planeta em busca de naves avariadas com tripulantes alienígenas sobreviventes. Embora parecesse uma missão quase inalcançável, dada a devastação que Mintaka e sua equipe haviam causado anteriormente, eles persistiram. Nos primeiros dias, os esforços foram em vão. Porém, no terceiro dia, voltaram sua atenção para o vasto mar, procurando naves submersas.

Ao cair da noite, resgataram uma embarcação submersa, trazendo-a de volta à superfície. No entanto, a constatação de que a tripulação já estava morta antes do desastre deixou Mintaka perplexa. Paralelamente, o imperador Erinyes ponderava sobre o enigma compartilhado pelo alienígena, analisando a trajetória das naves derrubadas. Notou que muitas caíram em um breve intervalo de tempo no mesmo dia, o que levantou uma dúvida inquietante: quem estaria à caça destes seres?

O foco volta para Mintaka, que orientou seu time a se concentrar na recuperação da nave resgatada. Embora soubesse que uma nave operacional pudesse chamar a atenção de Erinyes, ela entendeu que seu objetivo principal era diferente: precisava de um alienígena vivo. Num ato de esperança, olhando para o céu tingido de laranja, avistou uma nave deslizando silenciosamente.

Parecendo tentar se ocultar, Mintaka deduziu que estavam em busca de seus próprios sobreviventes. Decidida, ordenou a sua equipe: "Sigam-nos!", indicando a nave que vislumbrara.

Em outro cenário, Erinyes despertou, sentindo-se frustrado pela falta de respostas. No entanto, logo soube que Mintaka regressara com dados cruciais. Ao encontrá-la no saguão principal, ela o guiou até os cais, onde apresentou duas naves capturadas, uma delas perfeitamente funcional. Curiosa, questionou-o se desejava conhecer os invasores.

Guiando o caminho até as masmorras, Mintaka foi observada por Erinyes, que admirava sua postura imponente. Ao chegarem às celas, ela lhe apresentou um extraterrestre capturado após a perseguição à nave. Erinyes, reconhecendo o empenho de Mintaka, aproximou-se do ser capturado, ansiando por compreender os mistérios que envolviam as palavras e a presença desses visitantes no seu mundo.

Dentro da úmida e sombria cela das masmorras imperiais, o sobrevivente extraterrestre, um ser de aspecto delicado e intrigante, estremecia diante do majestoso Imperador Erinyes. Nos olhos daquela criatura, um misto de medo e desespero claramente suplicava por empatia e misericórdia.

Com esforço, o alienígena começou a se expressar, sua voz trêmula ecoando pelo recinto:

"Ó, Magnífico Imperador, é com imenso temor e ansiedade que me encontro diante de vossa grandiosidade. Somos sobreviventes de uma catástrofe em nossa galáxia, Cyanothrix, oriundos do distante planeta Pseudos. Viemos em busca de socorro, tentando evitar a extinção iminente dos Cyanothrix pseudosprokariota. Levados pela ambição, ousamos sondar os asteroides de nosso sistema em busca de recursos, mas, inadvertidamente, despertamos um vírus mortal que avançou rapidamente entre nós, levando inúmeras vidas de maneira trágica e repentina.

Eu e os demais cientistas que sobreviveram, fomos banidos em nossa espaçonave, vagando pelo desconhecido em busca de um santuário e uma cura para a ameaçadora praga que risca de mapa nossa civilização. Nossos líderes, impiedosos e severos, eliminaram todos os infectados e muitos daqueles que buscaram refúgio ou tratamento em vosso planeta.

Nosso povo concebeu tecnologias avançadas, capazes de nos levar pelas estrelas e colher energia eficazmente dos planetas de nosso sistema, Cyanothrix14. Estamos prontos a compartilhar nossos feitos e saberes em troca de vossa assistência para salvar nosso povo.

Rogamos, Majestoso Imperador, por vossa ajuda. O futuro de nossa civilização pende por um fio."

À medida que o Imperador Erinyes absorvia as palavras do visitante, pressentiu que havia um segredo oculto e ameaçador por trás daquela fala, como se um espectro sinistro estivesse velado entre as linhas. O apelo do extraterrestre aguçou sua curiosidade, mas também acentuou sua prudência. Afinal, um líder astuto como Erinyes compreendia que as aparências podem enganar e que até mesmo um ser em desalento pode esconder enigmas sombrios.

No auge daquela tensa situação, era visível a presença de três sobreviventes. Um parecia debilitado, talvez padecendo da devastadora enfermidade. A criatura que se comunicava com o imperador parecia ser o comandante e representante do grupo. Mintaka e seus aliados, no entanto, não entendiam o idioma do visitante, o que poderia complicar a interação entre ambos os povos.

Erinyes, percebendo o clima, solicitou silêncio aos presentes e questionou com gravidade: "Qual o mal que acomete o vosso amigo?" Ele esperou a resposta do sobrevivente, que hesitou, lançando um olhar inquieto para seu companheiro, antes de expor a realidade.

"Não tenha receio, Majestade, nossa intenção não é prejudicá-los", garantiu o extraterrestre. No entanto, o imperador exclamou decidido: "Guardas, fiquem alerta!". O alienígena rapidamente apelou: "Peço clemência, Vossa Excelência. Estávamos enfermos, isso é inegável. O deitado é o Dr. Thelon Raemis, eu me chamo Lirath Jasker e esta é Narae Kyoshe, minha esposa e também pesquisadora. Intrigantemente, ao entrar na atmosfera deste planeta, sentimo-nos rejuvenescidos. Acreditamos que o vírus não sobreviva ao ambiente hostil daqui..."

Thelon, com um gemido de dor, fez com que Narae, imediatamente, solicitasse o auxílio de Lirath. Retomando, Lirath disse: "Peço, Majestade, necessitamos de seu auxílio." Erinyes, alheio aos termos "vírus" e "bactérias", embora hesitante, percebia o vasto conhecimento daqueles seres, o que o animava pela chance de troca de saberes.

Contemplando o cenário, Erinyes ponderou que, dada a vulnerabilidade deles, poderia abatê-los facilmente com um movimento de sua lâmina, se assim desejasse. Durante essa reflexão, mantinha seu olhar atento sobre os estrangeiros.

Com uma postura majestosa, o Imperador Erinyes falou a Lirath, de maneira que todos pudessem captar sua mensagem. Mintaka já se dava conta do drama em curso. "Lirath, ouça-me bem. Somos uma nação soberana, e vossos líderes atiraram seus exilados sobre nós, gerando tumulto. Por que pensar que a cura seria o passaporte para serem reintegrados? Talvez encontrar uma morte digna aqui seja preferível a regressar aos que os expulsaram. Garanto ser misericordioso."

Erguendo sua imponente espada com firmeza, Erinyes se aprontava para um golpe tão avassalador que abalaria até criaturas marinhas gigantes. Lirath, com olhos marejados, suplicou: "Só buscamos auxílio. É inconcebível que seja o desfecho de nossa jornada." Com os olhos cerrados, antecipando o golpe derradeiro, Lirath se resignava ao que viria.

Naquele instante, Erinyes constatou uma semelhança entre ele e Lirath: uma insaciável sede por conhecimento. Interrompendo seu ataque fatal, sugeriu: "Compartilhe comigo sua sabedoria, e eu estenderei a mão em ajuda, amigo."

Lirath e seus companheiros alienígenas viram em suas palavras uma centelha de esperança. Unidos pelo anseio de adquirir sabedoria e superar desafios, estabeleceram uma aliança inusitada, porém robusta, com potencial para reescrever seus destinos e, quem sabe, o de seus universos.

Sob a supervisão cuidadosa de Mintaka e Erinyes, Lirath e Narae trabalhavam exaustivamente, empregando todas as ferramentas e conhecimentos ao seu alcance para socorrer Thelon. Logo descobriram que a atmosfera do planeta possuía componentes químicos inéditos para eles. Em um breve período, o idioma alienígena deixou de ser barreira para Mintaka e Erinyes, e mais intelectuais do clã aderiram à causa, focados em desvendar o enigma interplanetário.

O amor à pesquisa unia Lirath e Erinyes. Com o passar do tempo, Lirath passou a compreender o cerne da cultura de Erinyes e o que tornava seu imperador tão capaz de guiá-los. O povo de Erinyes possuía uma genética peculiar, com uma capacidade adaptativa extraordinária. Mas Erinyes ia além, apresentando uma evolução contínua durante sua adaptação, um traço fascinante.

Em segredo, Lirath obteve amostras da pele que Erinyes descartava e o que encontrou foi revelador. As células de Erinyes tinham uma adaptabilidade molecular singular. Diferentemente do povo de Lirath, que passou por uma evolução simbiótica, o povo de Erinyes se desenvolveu de forma única, apresentando resistência a vírus e bactérias graças à resiliência e invulnerabilidade celular.

Enquanto Narae se aprofundava na cultura do lugar com Mintaka, Lirath, clandestinamente, analisava as amostras de Erinyes em sua nave. Mas foi surpreendido pelo imperador justamente ao compartilhar as descobertas com o Dr. Thelon, que se encontrava em recuperação.

Erinyes, já ciente da situação e havendo orquestrado o encontro, abordou-os com uma aura majestosa, que causou apreensão. Com voz firme, declarou: "Nosso povo evolui ao assimilar seus adversários. Contudo, somos aliados, não é mesmo?" Os dois concordaram, visivelmente perturbados.

"Certo, a menos que queiram virar o desjejum daquele grupo de crianças", indicou Mintaka, instruindo Narae e alguns novatos do clã a manejarem o martelo com destreza para enfrentar criaturas marinhas (pelo menos em teoria). "Recomendo que me introduzam a estes aparelhos", referindo-se aos sofisticados dispositivos de pesquisa extraterrestre, "e a como comandar aquela máquina", disse, olhando através da janela para a nave que antes fora resgatada do oceano e agora estava em perfeito estado de operação.

Nos meses subsequentes, o empenhado imperador Erinyes mergulhou nos estudos, esboçando projetos para criar suas embarcações cósmicas, possibilitando que seu povo também conquistasse os céus em um futuro próximo. Adicionalmente, ele idealizou novos instrumentos e armamentos capazes de subjugar mil entidades marinhas simultaneamente. O laço entre Mintaka e ele foi se estreitando, impulsionados pelas inovações e pelo carinho observado entre Narae e Lirath.

Já haviam transcorrido três anos desde o retorno dos guardiões, e o trio alienígena, aliado às forças de Erinyes, preparava-se para um confronto diplomático com Pseudos. A missão principal? Disseminar a cura para todos os Cyanothrix pseudosprokariota o mais rápido possível.

Capítulo 13:
A Batalha Silenciosa

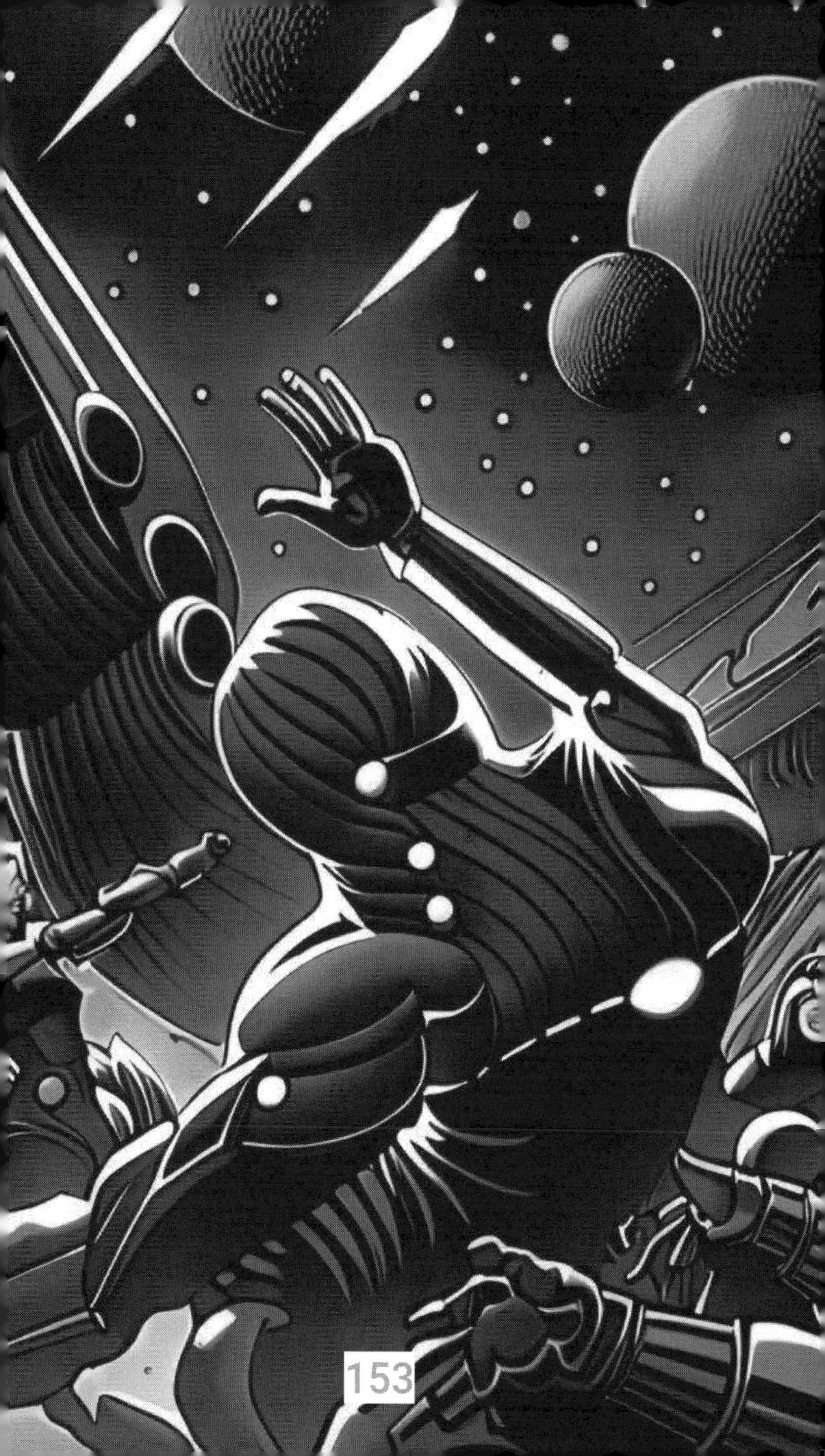

À medida que o distante Vanpa se tornava um mero ponto no horizonte e o sistema estelar de Chuwakusei Bampa se esvanecia, Erinyes e Mintaka eram tomados por uma combinação de inquietação e expectativa. Mintaka, chefe do conselho e líder militar da expedição, liderava as forças do povo marinho. Graças ao apoio do imperador e à colaboração de Thelon, a frota espacial fora grandemente fortificada, pronta para levar esperança e cura a Cyanothrix e a outros mundos promissores.

A missão tinha um propósito bem definido: remediar a condição do maior número de Cyanothrix pseudosprokariota. Narae e Lirath, os arquitetos da expedição, haviam idealizado uma câmara específica em cada embarcação, preparada para acolher e cuidar dos contagiados durante a quarentena. Eram eles que guiavam o contingente de especialistas e cientistas.

Em sua travessia pelo hiperespaço, ao chegarem aos primeiros mundos sinalizados por Narae e Lirath, a equipe deparou-se com desoladoras paisagens de seres falecidos, consequências das tentativas de conter o avanço do vírus. No entanto, não demorou para que encontrassem os resilientes sobreviventes.

A câmara criada por Narae e Lirath replicava o ambiente de Vanpa, desde sua atmosfera espessa até a distinta cor amarelo-mostarda. Aqueles que ingressavam nesse espaço experimentavam uma gravidade intensificada e uma gradativa erradicação do vírus. A vulnerabilidade dos Cyanothrix pseudosprokariota estava em sua capacidade de simbiose com outras entidades vivas para enfrentar desafios, uma aptidão manipulada pelo vírus.

O povo marinho, presente para garantir a segurança da missão, estava livre da infecção. À medida que os sobreviventes eram curados, eles auxiliavam indicando localizações de outros resistentes.

Em pouco tempo, a equipe partiu das franjas de Cyanothrix, dirigindo-se a planetas mais centrais na galáxia. O imperador, estrategicamente, dividiu a missão: cientistas e médicos dispersar-se-iam em busca de sobreviventes, enquanto a comitiva composta por Erinyes, Mintaka, Thelon, Narae e Lirath encabeçaria o setor diplomático visando estabelecer diálogos com líderes em Pseudos.

Ao se aproximarem de seu alvo, foram surpreendidos por uma recepção hostil. Ecos de disparos de advertência ressoaram com uma mensagem clara: "Mantenham-se afastados!

Pseudos está selado; nenhuma criatura viva é bem-vinda."

Conforme o planeta Vanpa se tornava uma mera silhueta no horizonte e o sistema Chuwakusei Bampa se distanciava velozmente, Erinyes e Mintaka eram tomados por sentimentos ambíguos de ansiedade e entusiasmo. Mintaka, chefe do conselho e líder militar da empreitada, dirigia o exército pertencente ao povo dos mares. Sob consultoria de Thelon, o imperador havia alocado vastos recursos na formação da frota estelar, preparada para levar cura a Cyanothrix e demais planetas com potencial habitável.

A finalidade da missão estava cristalina para todos: tratar o máximo de Cyanothrix pseudosprokariota que conseguissem. Narae e Lirath conceberam uma câmara específica em cada astronave, otimizada para cuidar dos infectados durante a quarentena. Ambos comandavam os especialistas e cientistas da missão.

Cruzando o hiperespaço, o grupo abordou os primeiros planetas sugeridos por Narae e Lirath, possíveis refúgios dos infectados. Descobriram inúmeros seres já sem vida, vítimas de esforços para conter a disseminação do patógeno. Porém, em breve encontraram sobreviventes.

A câmara criada por Narae e Lirath replicava as condições de Vanpa, da atmosfera densa à tonalidade amarela típica. Os doentes, ao serem introduzidos ali, sentiam um aumento gravitacional e a remissão gradual da doença. A vulnerabilidade da espécie Cyanothrix pseudosprokariota estava em sua aptidão de formar simbiose com outras entidades para superar desafios, uma característica explorada pelo vírus.

O povo dos mares, guardiões da missão, eram imunes ao contágio. Conforme os resgatados recuperavam-se, auxiliavam com informações sobre outros potenciais sobreviventes.

Em alguns dias, a equipe abandonou as regiões periféricas de Cyanothrix, direcionando-se a planetas mais centrais na galáxia. O imperador optou por segmentar a missão: cientistas e médicos seriam espalhados pelos planetas em resgate, enquanto a equipe de Erinyes, Mintaka, Thelon, Narae e Lirath encabeçaria as relações diplomáticas com Pseudos.

Ao se aproximarem, encontraram resistência. Ecos hostis advertiam: "Mantenham distância!

Pseudos está selado, e nenhum ser é permitido." A transmissão insistia, pontuada por disparos. Para Erinyes e Mintaka, parecia um jogo, mas Lirath sentia que havia um enigma por trás.

Os tiros eram ineficazes contra as naves de Erinyes. Ele orientou: "Desconsiderem os alertas. Sigam direto ao centro de comando de Pseudos." Mesmo sob o cerco, eles adentraram o planeta. Uma vez na atmosfera, decidiram ficar em órbita, e o time diplomático de Vanpa acelerou rumo ao núcleo de comando.

Voando sobre o planeta, não avistavam vestígios de vida ou grandes metrópoles habitadas, intensificando o enigma. Lirath indicou o prédio central de Pseudos. Ao aterrissar, foram recebidos sem hostilidade. Pelos instrumentos de Narae, não havia infectados por perto. Mintaka enviou um esquadrão que, sem hesitar, infiltrou-se no edifício.

Dentro do prédio, Erinyes, seguido por Thelon e Lirath, notou muitos Cyanothrix pseudosprokariota saudáveis operando normalmente. Foram então interpelados por uma força militar de Pseudos: "Qual sua intenção aqui? Não viram que não são bem-vindos?"

Lirath adiantou-se: "Comandante, trouxemos a solução para o vírus e temos o nobre imperador Erinyes de Vanpa, líder supremo do povo dos mares. Pedimos audiência com o soberano de Pseudos."

O líder militar de Pseudos instruiu a baixarem as armas. "Eles vieram em paz. Que bom que chegaram," concluiu. Mintaka lançou um olhar ao imperador, que silenciosamente lhe comunicou que a próxima fase estava a postos.

A narrativa se direciona a diferentes planetas, com naves de Vanpa erguendo vastos campos de força. Enquanto Erinyes e o grupo seguiam o líder de Pseudos, Mintaka mantinha-se firme.

Os dois se encaravam de forma intensa, como se compartilhassem uma ligação psíquica. Ela prontamente comunicou aos outros que permaneceria ali, aguardando o encontro do imperador com os líderes de Pseudos.

Conforme o imperador avançava pelos corredores em direção ao centro de comando, tendo Lirath e Thelon ao seu encalço, eventos paralelos desenrolavam-se nos planetas habitados de Cyanothrix. A missão de Erinyes e Mintaka transcendeu o simples desejo de curar; sempre almejaram conhecer e dominar.

"Líderes supremos de Pseudos, apresento-lhes Erinyes, imperador de Vanpa e líder incontestável do povo marinho," anunciou o comandante. Erinyes caminhava determinadamente em direção aos governantes, todos visivelmente idosos e frágeis, líderes ancestrais daquela raça. Com um gesto de respeito, o imperador, Lirath e Thelon inclinaram-se, enquanto Erinyes sustentava seu olhar firme sobre os três anciãos postados acima.

"Recebam nossas boas-vindas, distinguidos visitantes. Representamos o comando de Pseudos," declarou o mais ancião. Lirath, com clareza, relatou como escapou do expurgo e, com a colaboração de Erinyes e sua gente, formulou um antídoto eficaz contra o vírus que afligia Cyanothrix. Os olhos dos três anciãos revelaram surpresa e eles trocaram olhares atônitos.

"Inimaginável!" - expressaram-se os veneráveis, com profundo espanto. Continuaram, então, detalhando suas infrutíferas tentativas de combate à doença, pintando um quadro sombrio das consequências galácticas e das drásticas medidas tomadas. Revelaram ter estabelecido zonas de quarentena, mas todos os esforços se mostraram fúteis.

A expressão de Lirath e Thelon traduzia profunda consternação ao confrontar-se com a inércia de seus líderes diante das inovações de Narae. Uma frustração palpável os consumia. Ambos albergavam uma aspiração silenciosa: ansiavam por uma liderança renovada, dedicada ao avanço científico e à estabilidade. Foi nesse instante que notaram Erinyes de pé, brandindo sua imponente espada, e o capitão da guarda imperial bradando em alarme, como se tentasse deter o curso iminente dos acontecimentos. Nos olhos de Erinyes, uma resolução clara: usurpar o controle de Pseudos.

Erinyes, com determinação e ambição sem precedentes, consolidou seu reinado como imperador de duas magníficas civilizações tipo 3, posicionando-se entre as mais evoluídas que o universo já presenciara até então. Com maestria inigualável, soube harmonizar distintas culturas e tradições, integrando variadas raças e civilizações sob seu domínio.

A história desloca-se, levando-nos a um momento em que Erinyes desperta num recanto cósmico, a bordo de sua embarcação, acompanhado por Mintaka. Esta, resplandecente como jamais vista, abrigava em seu ser o futuro herdeiro do império.

Ele a admirava, vendo-a grávida e luminosa, enquanto as visões através das janelas da nave mostravam suas imponentes frotas de guerra aniquilando adversários e insurgentes.

O tempo deixara sua marca em Erinyes e Mintaka. Um milênio transcorrera, e, ainda que sua genética extraordinária tornasse o avanço da idade quase invisível, eram agora duas entidades mais sábias, exibindo alguns fios de cabelo de prata.

Erinyes, sempre perspicaz, sentia que o ocaso de uma era se avizinhava. Suas projeções indicavam que galáxias moviam-se e se dispersavam em ritmo vertiginoso, numa expansão cósmica implacável. Esta dinâmica, incompreensível em sua totalidade, sinalizava o risco de colisões astrais, ameaçando suas existências.

O imperador, ao fitar sua espada agora em desuso, se deleitava com o ballet luminoso de suas tropas no exterior. Ao lado de Mintaka, sentia uma felicidade profunda e ansiava por eternizar aquele momento. Contudo, em um instante, tudo se esvaiu. Uma força avassaladora puxava Erinyes; uma sensação já conhecida. Rebeldes haviam atacado sua nave, que explodira. Ele sentia o gélido e majestoso toque da morte, enquanto era transportado para um domínio inexplorado.

Encontrando-se em um cenário inusitado, pleno de cores pulsantes e aromas enigmáticos, Erinyes se via rodeado por entidades e objetos levitando. Era como se aquela vida fosse inédita para ele. Estava no exato local que Aurora e Orion haviam visionado no capítulo 8: A Irmandade da Evolução.

Para Erinyes, outras questões perdiam relevância. Armado com seu vasto saber e com a vingança inflamando seu espírito, ele tinha uma missão incontestável: reconquistar o que fora usurpado e retribuir aqueles que lhe roubaram a existência, bem como a de Mintaka e de seu herdeiro.

Capítulo 14:

O Caminho da Cooperação

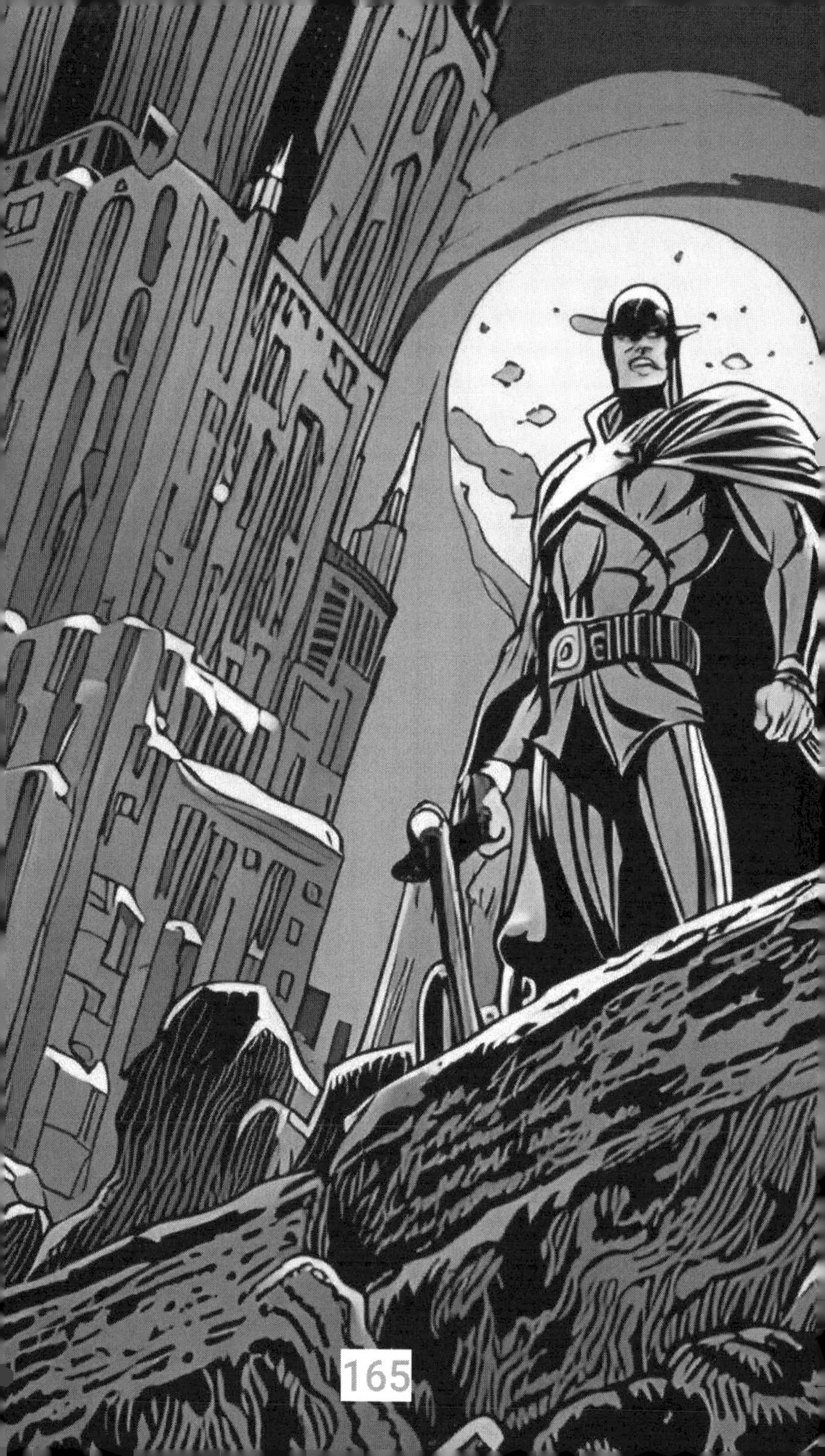

O capítulo começa com Erinyes entrando no local onde Aurora e Orion estavam. Eles representavam versões anteriores de si mesmos, originários de um universo distante. A semelhança com a civilização terrestre era evidente: a tecnologia era familiar, embora houvesse distinções claras entre as espécies e seus habitats. Estavam rodeados por construções de um design exótico, em meio a uma paisagem rica de flora e fauna inexploradas, cativando a curiosidade do leitor.

A Aurora do passado rapidamente notou as marcantes alterações em seu filho. Erinyes agia de forma diferente, como se o filho gentil e honrado que conhecia tivesse sido dominado por uma entidade agressiva e sombria. Orion também sentiu a atmosfera da sala mudar com a presença de Erinyes. Uma tensão tangível preenchia o espaço, e o ambiente parecia eletricamente carregado.

De forma majestosa e com um olhar incisivo, Erinyes questionou: "Em que tempo estamos?" Aurora e Orion trocaram olhares inquietos antes de responder. Com certa hesitação, Orion declarou: "Estamos no ano 5021 do calendário de Aurantia, nosso planeta de origem."

Processando a resposta, Erinyes viu uma chance inédita de alterar a trajetória da história. Ele poderia aliar-se a Aurora e Orion, compartilhando a sabedoria conquistada ao longo de eras, para juntos, superarem os desafios iminentes. Ele compreendia que a união entre eles era essencial para prevenir as catástrofes e conflitos que haviam definido seu passado.

Naquele momento, Erinyes optou por se abrir e relatar suas vivências a Aurora e Orion. Narrando sobre o império que erguera, as batalhas enfrentadas e os sacrifícios feitos. Ao absorverem os relatos de Erinyes, Aurora e Orion foram tomados por empatia e melancolia diante de seu percurso.

"Que relato fascinante, meu filho," exclamou Orion. Aurora sentia que as palavras de Erinyes eram sinceras, mas permanecia temerosa. O que ocorreu com a essência de seu verdadeiro filho? Mesmo com a saga narrada pelo imperador sendo arrebatadora, ela pressentia que algo não estava correto. Erinyes discerniu o ceticismo de seus pais.

O furor de Erinyes ampliava-se desmedidamente, ameaçando transformá-lo no pioneiro Dissidente do registro cósmico, ansiando por sabedoria e progresso civilizacional sem limites. Orion e Aurora trocaram olhares preocupados, percebendo a intensidade do rancor de Erinyes e a carga atmosférica emanada dele.

"Filho, serenize-se. Estamos aqui para auxiliar no que necessitar," assegurou Orion, buscando tranquilizá-lo. Porém, Erinyes mergulhava em um estado anímico singular, quase sugando energias de tempos remotos. As luminárias oscilavam e correntes de ar agitavam-se em torno do recinto.

Com inquietação, Aurora ergueu-se e, com passos hesitantes, aproximou-se do filho. Ao tentar tocá-lo, uma descarga elétrica a repeliu, lançando-a ao extremo oposto do ambiente, desfalecida. Orion exclamou: "O que provocaste?" Em seguida, ele próprio foi repelido por uma força invisível emanada de Erinyes, tombando ao lado de Aurora, também desacordado.

Era evidente o desequilíbrio crescente do imperador, possivelmente beirando a loucura. Sua existência estava fragmentada, e a desrazão prevalecia naquele capítulo cósmico. Seus brados retumbavam, e distorções no tecido espaço-temporal manifestavam-se ao seu entorno. Vidraças se fragmentavam e as estruturas do local mostravam fissuras. No auge de sua fúria, uma luminosidade serena e acolhedora emergiu à sua frente.

Uma entidade venerável, tangível e corpórea, se materializou, irradiando um halo de serenidade e entendimento. Sua presença evocava a prudência dos tempos antigos e a placidez celeste. Esta estendeu a mão em direção a Erinyes e, com um timbre equilibrado e melodioso, pronunciou: "Acalme-se, Erinyes. Deixe-me conduzi-lo à harmonia e serenidade que tanto almeja."

Confrontado com tais palavras, Erinyes foi envolto por uma sensação de paz, e o ímpeto que o dominava começou a esmaecer. Ao estabelecer contato com Erinyes, a entidade sábia logrou serená-lo, ainda que o ambiente ainda reverberasse com a intensidade de seu furor anterior.

Aos poucos, Erinyes discernia no olhar da entidade sábia um vestígio de subjugação. Consumido pela ira, agarrou firmemente o pescoço dela, tentando sufocá-la. A entidade se debatia, tentando se libertar da força avassaladora do imperador que, aparentemente, emanava de uma fonte antiga.

Incapaz de resistir, a entidade sábia reuniu suas energias restantes para lançar um feitiço milenar. Com o dedo indicador esquerdo, tocou o ponto correspondente ao chakra na testa de Erinyes, atingindo-o profundamente.

Tudo ao seu redor parecia se mover em um ritmo dilatado. Erinyes começava a tombar, e simultaneamente, a entidade sábia também desabava. Esse movimento desvinculou o corpo mortal do imperador da essência do recém-nascido de Aurora, que estava intrinsicamente unido a ele em um nível quântico. Enquanto a entidade tocava o solo, a forma verdadeira do bebê se materializava, e o corpo de Erinyes caía inertemente.

Rapidamente, a entidade cósmica segurou o bebê e saltou para uma fenda espaço-temporal. Erinyes, ao impactar o chão, imediatamente retomou sua fúria e, em um impulso, seguiu-a através da fenda.

Dentro desta fissura, uma batalha monumental se desenrolava entre a entidade e o imperador. O futuro do bebê e do próprio universo estava em xeque. Essa contenda era observada por incontáveis estrelas e galáxias, como se estivessem paralisadas no tempo, testemunhando o combate intenso.

A entidade sábia, armada de sabedoria ancestral e dotes místicos, conseguiu repelir o imperador, resguardando o infante e permitindo-lhe o retorno à realidade. Nesse plano, Aurora e Orion ansiavam pelo seu retorno. O imperador, contudo, irado com a derrota, arremeteu em um assalto final contra a entidade. Esta, com sua perspicácia e força, logrou detê-lo, aprisionando-o em um casulo temporal. No entanto, a entidade encontrava-se seriamente ferida, e seu ser físico e espiritual desvaneciam. Em sua derradeira ação, regressou à linha temporal original, surgindo perante Lobsang.

Pasmo, Lobsang mal pôde reagir ao ver a entidade sábia, que, em seus últimos momentos, proferiu: "Proteja o bebê, dedique sua vida a ele, ele... ahrr... Imperador Erinyes... Dissidente Prime... virá atrás dele. Esteja alerta, Lobsang". Tal qual a efemeridade do orvalho, ela se esvaiu, deixando atrás de si um vazio. Ela sacrificou-se pelo filho de Aurora e Orion.

Lobsang, consternado e cheio de interrogações, compreendia o dever de zelar pelo infante, protegendo-o do temível Erinyes. "Como pôde o imperador vencer a entidade, o epitome da benevolência no universo?", ponderava, enquanto acolhia o bebê. Estas e outras indagações o consumiam, impulsionando-o a se refugiar com a criança, em busca de respostas mais tangíveis.

Durante seu autoexílio, Lobsang empenhou-se em criar e instruir o infante, passando-lhe os preceitos e a herança da entidade sábia.

Na ausência desta, o Imperador Erinyes prontamente quebrou o encanto. "Maldição!", vociferou, reaparecendo no local onde outrora estiveram Aurora e Orion, apenas para encontrar um planeta desolado e obscuro, estranho ao que recordava. "Condenação!", bradou ao vazio.

O relato então se concentra em Aurora e Orion no presente, ambos abatidos pela ausência de seu herdeiro. Nesse contexto melancólico, o capítulo se conclui, insinuando futuros desdobramentos na trajetória dos personagens.

Capítulo 15:

Uma Nova Era de Harmonia

175

O capítulo se desenrola revelando uma visão assustadora dos escombros da nave do Imperador Erinyes, aniquilada em momentos anteriores. A imensa espada, agora parcialmente destruída, perambula à deriva, com cacos seguindo uma trajetória desordenada. Ela e seus fragmentos cruzam um mar de detritos onde, possivelmente, os corpos de Erinyes e Mintaka jazem no frio perene do espaço infinito.

Emergindo desse cenário, a atenção é redirecionada para um fenômeno cósmico inusitado. As galáxias de onde se originam os planetas Vanpa e Pseudos estão à beira de um encontro violento. No coração de cada uma, dois buracos negros massivos orbitam entre si. Logo, as estruturas espiraladas destas galáxias colidirão, fundindo-se numa imensa unidade e, nesse cataclismo, grande parte do domínio de Erinyes e seus súditos será aniquilada.

Eras se desenrolaram, como se assistíssemos a uma projeção acelerada, e os dois núcleos finalmente se uniram, produzindo ondulações gravitacionais monumentais. Durante essa fusão, muitos planetas, estrelas e outros astros colidiram vertiginosamente, ampliando a neblina galáctica. Alguns mundos, como Vanpa, foram catapultados para o abismo espacial, agora além do nosso alcance visual.

Lamentavelmente, Pseudos não resistiu e foi desintegrado. Seus destroços, junto aos remanescentes de Erinyes e sua espada, foram lançados ao espaço. Estes resíduos viajavam em ritmo frenético rumo ao ponto inicial da singularidade que originou o cosmos, oposto ao trajeto de Vanpa no vazio.

A narrativa transita para os fragmentos se aproximando da nebulosa que mais tarde seria conhecida como Via Láctea. Naquele instante, eram puxados pelo campo gravitacional de uma estrela emergente, que os terráqueos, num futuro não tão distante, nomeariam de Sol.

A Terra, ainda em seu alvorecer, enfrentava um bombardeio constante de meteoritos. O corpo celeste, em sua juventude, colidiu com um astro entre o tamanho de Ceres e Marte. Esse impacto massivo dispersou e revolveu detritos de todos os tamanhos, tornando-se um marco na saga cósmica. Foi nesse ínterim que os vestígios de Pseudos se entrelaçaram à massa celestial, moldando a Terra e a Lua tal qual as conhecemos agora.

O material proveniente da área onde Pseudos existia era abundante em água e componentes propícios para a origem da vida. Os descendentes do Cyanothrix pseudosprokariota foram incorporados à matéria terrestre, estabelecendo uma simbiose com ela. Dessa forma, emergiram os primeiros microrganismos unicelulares, procariontes e fotossintetizantes do planeta: as cianobactérias.

A narrativa nos conduz ao fundo do mar, onde fontes hidrotermais se situam ao longo das dorsais oceânicas, zonas de divisão entre placas tectônicas. Lá, o magma aquece a água, liberando minerais dissolvidos. Nessas regiões mais profundas, cerca de 3.000 metros abaixo da superfície, a água pode chegar a 400ºC.

Por si só, a composição química terrestre não era propícia para o surgimento da vida. Contudo, os elementos oriundos de Pseudos possibilitaram uma fusão bem-sucedida, algo raro em outros mundos. Essa união originou as protocélulas, peças fundamentais para a evolução da vida celular. Tal fenômeno requer um ambiente quente e alcalino, encontrado nas profundezas marítimas.

Será que os fragmentos genéticos dos habitantes marinhos influenciaram de algum modo a sopa primordial que gerou a vida na Terra? A cena muda para o presente, onde Orion e Aurora estão de volta a Lúmen. Ambos acreditam que os dois amuletos cósmicos, ao serem combinados, possam ajudar a encontrar seu filho perdido, sentindo que a essência cósmica deles permanecia potente. Curiosamente, o mecanismo para liberar essa força vital parecia estar atrelado à emoção da raiva.

Na busca para resgatar os artefatos, o casal enfrentou inúmeros Dissidentes. Suspeitavam que os amuletos tivessem sido tomados por seus seguidores naquele dia marcante no templo onde Aurora deu à luz. No entanto, o destino de Lobsang permanecia um mistério.

Na Universidade de Lúmen, Dr. Cassius Vega colaborava com Orion e Aurora na busca por esclarecimentos. Tendo um notável potencial cósmico latente, ao ser ativado pelos dois medalhões anteriormente, Vega ultrapassou suas restrições e passou a enxergar o mundo com mais clareza. Mesmo assim, ele mal podia imaginar o alcance de seu novo poder, sentindo-se desimpedido em suas capacidades.

Em conversas com Aurora, em tempos que coabitaram, Vega mostrava-se intuitivo, e suas propostas frequentemente acertavam, como se uma corrente cósmica fluísse por ele constantemente. "Vega, você estava certo."

No último refúgio inspecionado, saímos de mãos vazias. Parecia que os Dissidentes anteciparam nossos movimentos. "Meu amigo, darei mais valor às suas palavras daqui em diante", Aurora expressava ao telefone. "Orion mencionou que nossos recursos estão se esgotando. Assim, optamos por retornar a Lúmen para nos reorganizar. Aceitaria um convite para jantar conosco hoje?"

Dr. Vega possuía novas informações que precisava compartilhar com o casal. Naquela noite, decidiu ir a pé do campus universitário até a casa de Orion e Aurora. Desde a reconciliação deles, Vega se mudara para as acomodações da universidade, priorizando suas investigações e proporcionando mais privacidade ao casal.

Absorto em pensamentos, caminhava pelas ruas de Lúmen, perdido em teorias e projeções para o futuro. De forma quase autônoma, desviava-se de obstáculos. Aquela noite, escolheu a rota mais direta, cruzando ruelas e áreas boêmias. Ao passar por uma loja, notou uma placa: "Promoção imperdível de vinhos". "Vou levar duas garrafas", solicitou, escolhendo dois tintos leves.

De súbito, um homem armado entrou abruptamente na loja. O clima tornou-se tenso imediatamente. "Mãos ao alto e entreguem tudo o que têm", exigiu o assaltante.

Mesmo sob ameaça, Vega manteve-se sereno, buscando uma saída. Sempre confiara em sua intuição em momentos de aperto e aquela situação não seria exceção. Os atendentes, visivelmente abalados, entregaram rapidamente o dinheiro.

Num lampejo de oportunidade, quando o assaltante se distraiu contando as cédulas, Vega atirou uma das garrafas contra ele. O assaltante foi pego de surpresa, deixando a arma cair. Sem perder tempo, Vega o imobilizou.

Os atendentes acionaram a polícia enquanto Vega ponderava sobre como sua aguçada intuição poderia ser útil na missão de Orion e Aurora. Com a situação controlada, seguiu determinado para a reunião com o casal.

Chegando lá, encontrou a mesa posta, e todos estavam prontos para discutir os desdobramentos da busca.

Vega discutia com Orion e Aurora suas conjecturas e perspectivas, persuadido de que, colaborando e apoiando-se em suas suposições, em breve encontrariam os amuletos desaparecidos. Acreditava firmemente que os amuletos guardavam fragmentos ancestrais, possivelmente compostos por materiais fora da tabela periódica. Reiterou para Aurora e Orion a importância de vasculharem suas linhagens familiares atrás de indícios.

De algum modo, Vega tinha convicção de que os antepassados do casal haviam feito descobertas arqueológicas significativas no século XVII. Relatos passados de geração para geração motivaram ambos a se dedicarem às ciências. "Vega, entendo que insista neste caminho; foi ele que nos conduziu àquele templo onde..." - Orion trouxe à tona uma memória penosa, sentimentos esses refletidos também em Aurora. Foi naquele fatídico templo que o bebê se perdeu.

"... Sinto como se estivéssemos em um ciclo contínuo, Vega" - Aurora deu sequência ao pensamento de Orion, contendo o início de suas lágrimas.

Captando a hesitação e o pesar de ambos, Vega ainda estava seguro de que era crucial revisitar suas origens. "Reconheço o quão árduo é, mas estou convicto de que por ali encontraremos as respostas desejadas."

Impulsionados pela resiliência de Vega e confiando em seu discernimento, Orion e Aurora decidiram aprofundar-se na investigação de sua ascendência. Unidos, embarcaram em uma expedição que os transportaria por eras da história, revelando mistérios ocultos e estabelecendo conexões inesperadas entre seus legados e os amuletos misteriosos.

A cena migra para o crepúsculo em uma montanhosa e remota paisagem, onde Lobsang havia montado um acampamento improvisado, e o bebê repousava em um berço de palha. "Hoje à noite, seremos agraciados por um céu luminoso, onde as espirais da nossa galáxia se destacarão", murmurou Lobsang para o infante sonolento.

Enquanto o trio finalizava o jantar, o alvorecer se aproximava. Lobsang e o bebê, contudo, se acomodavam para um repouso sob a luz da lua em um território solitário. Vega se levantou, expressou gratidão pelo alimento, e dirigiu-se à saída. "Vocês localizaram o Lobsang?" Aurora e Orion, com semblantes abatidos, negaram. "Tenho a sensação de que ele está em paz", disse Vega, com um sorriso sereno.

O comentário de Vega trouxe esperança aos corações de Aurora e Orion, acreditando ser mais um dos clássicos sinais de intuição de Vega.

Vega caminhava pelas calçadas da avenida principal que o conduzia de volta à universidade, sentindo-se leve e feliz após a noite incrível com seus amigos. Não tinha certeza se era a alegria do encontro ou os efeitos do vinho que o deixavam assim. Inesperadamente, dois homens armados e de rostos cobertos surgiram atrás dele. Ao se virar, Vega notou os primeiros raios de sol no horizonte por detrás dos criminosos.

Disparos de submetralhadoras foram direcionados a Vega, fazendo com que ele mudasse de postura instantaneamente. De relaxado e feliz, entrou em modo focado, como se seu espírito de luta estivesse a 300% de energia. Com movimentos suaves, desviava-se de todos os disparos em câmera lenta, esquivando-se instintivamente. Aos olhos dos bandidos, Vega parecia um rastro de cores e luzes, praticamente um borrão.

Tomado de ira, Vega se aproximou dos dois inimigos. "Talvez sejam Dissidentes", pensava, preparando-se para golpeá-los com um poderoso soco. "Vamos nos vingar pelo nosso amigo preso pelos policiais ontem à noite..." - antes que concluíssem suas motivações, Vega desferiu seu soco mortal, estraçalhando os dois no processo. Assustado, não acreditando em sua própria força, observou a mão suja de sangue, os corpos mutilados na calçada e as paredes imundas pela violência que havia perpetrado. Incrédulo, dizia a si mesmo: "O que foi que eu fiz?"

Naquele momento, Vega percebeu que sua intuição e habilidades, antes usadas para ajudar, agora haviam sido empregadas em um ato de violência.

Lobsang, do outro lado do mundo, acordava assustado e ofegante, olhando para o bebê que dormia serenamente. Sentia uma aflição incontrolável em seu coração e sabia que precisava reencontrar seus amigos o quanto antes. Ao mesmo tempo, queria continuar sua jornada por áreas inabitadas de forma furtiva, evitando cruzar com Dissidentes.

Sem ideia do paradeiro de Vega, Orion e Aurora, a angústia dominava seus pensamentos. O bebê havia dormido por muitas horas, e havia pouca comida e suprimentos. Lobsang, agora com a aparência de um idoso, apresentava sinais de desgaste e fome, fruto de semanas de alimentação inadequada. Ele buscou em sua modesta bagagem um pouco de leite de cabra e um pão que havia pego de um acampamento abandonado.

Ao acordar o bebê, a criança o encarava sem reação ou emoção, como se estivesse analisando uma presa.

"Esse olhar penetrante de novo, garoto", observou Lobsang, umedecendo o pão no leite para suavizá-lo e ofertando-o ao pequeno, que mantinha seu olhar intenso sobre ele. O bebê fitava Lobsang como se buscasse entender suas emoções e pensamentos. Depois de alimentar a criança, Lobsang notou que os mantimentos estavam quase no fim; necessitaria buscar alimento em breve. O olhar do menino, que antes estava fixo nele, agora desviava-se para o céu estrelado.

"Realmente, a noite está esplêndida", disse Lobsang ao pequeno. "Quando crescer, vou compartilhar contigo tudo o que eu, seus pais e Vega descobrimos sobre o universo, a força cósmica, as antigas aventuras e as lições que o ser cósmico nos concedeu, sob a tutela do sábio mestre Riva..."

Mesmo exausto, Lobsang mantinha-se em diálogo com o bebê, até perceber que ele adormecia ao som de sua voz. "Descanse, pequeno", sussurrou ternamente.

Conforme o bebê se entregava ao sono, a narrativa se desloca para o imperador Erinyes em sua reclusão astral, com seus olhos se abrindo vagarosamente. Por algum motivo, ambos compartilhavam um elo emocional. Erinyes estava incapaz de canalizar sua energia e fúria para abrir portais no tecido do espaço-tempo e fugir daquela prisão em busca de retaliação. Ele já havia vasculhado extensas regiões daquele planeta, onde era perpetuamente noturno, um contraste com Vanpa, que era continuamente iluminado. Ele estava sozinho em seu exílio interminável.

Erinyes encontrava-se em um planeta que, assim como Vanpa, fora expelido do universo visível. Passaram-se semanas desde o embate com o ente cósmico. Não distinguia dia de noite, mas escolheu vagar pelas sombras. Ruínas de edificações antigas marcavam seu trajeto em meio a um vasto deserto gélido. Próximo a uma elevação que lembrava uma duna, decidiu escalá-la, buscando uma visão panorâmica. A escuridão era tão densa que nada se destacava.

Ao tocar o solo, como quem semeia uma esperança, recolheu um punhado de terra, deixando-o escorrer entre seus dedos. Foi então que avistou um rastro luminoso cruzando o eterno céu negro. Ficou em alerta, sentindo uma oportunidade de clarear a obscuridade. A vista momentânea descortinou montanhas antes escondidas, suas silhuetas brevemente delineadas pela luz. Por instantes, foi transportado para sua infância em Vanpa.

Antes que o brilho se perdesse no infinito, notou, não muito distante, uma pedra semi-enterrada na areia. Aproximou-se com agilidade e começou a escavar, certo de seu propósito.

No retorno da escuridão, embora aflito, tocou serenamente uma pedra peculiar. Uma intensa energia percorreu seu braço; havia encontrado um dos amuletos transportados por uma fenda, a mesma que levou o bebê até Vanpa. O destino havia os distanciado por bilhões de anos-luz.

Nunca antes Erinyes havia sentido tal magnitude de poder. Seu corpo iluminado projetava luz por vastas extâncias desde o topo da colina. Ele sentiu o crescimento de uma força cósmica avassaladora em seu interior. Notou que o amuleto em sua posse era misterioso para ele. A pedra cravada nele remetia aos adornos do povo marinho. Somente uma parte era familiar: a pedra proeminente assemelhava-se aos adornos de sua grandiosa espada. Tratava-se do amuleto de Lobsang, aquele que o havia aprisionado na zona abstrata anteriormente e que, no momento, estava sob o domínio de seu arqui-inimigo.

Por outro lado, Lobsang, inquieto com a alvorada que surgia no horizonte, notou os gritos incessantes do bebê, como se incontáveis vespas o picassem. Ao apanhar a criança nos braços, cujos gritos atraíam predadores por perto, percebeu que, entre duas árvores vizinhas, o vento tornava-se turbulento. A atmosfera engrossava, a pressão tornava-se insuportável, e foi quando se deu conta de que um portal espaço-temporal estava se formando ali.

Sem vacilar, Lobsang cruzou o portal com o bebê em seus braços, cônscio dos possíveis perigos inesperados que poderiam se apresentar. No entanto, ele encontrou exatamente o que almejava: estava agora junto de seus amigos, compreendendo que sua jornada se estenderia naquele lugar.

Nesse momento, o choro da criança cessou, e seus olhos iluminaram-se ao encontrar os de seus pais, Aurora e Orion, prenunciando um futuro repleto de aventuras e descobertas. Apesar de sua inquietação diante da potencial ameaça de adversários ainda mais formidáveis, Lobsang estava resoluto em sua missão de resguardar a criança do imperador Erinyes e de compartilhar com ela todo o seu conhecimento.

A saga de Lobsang e seus aliados prossegue em "Crônicas da Evolução Cósmica" Livro 2: "A Busca pela Unidade".

191

Made in the USA
Columbia, SC
05 October 2023